そこにある山

結婚と冒険について

角幡唯介

中央公論新社

目次——そこにある山

装幀　水戸部功

そこにある山——結婚と冒険について

序　章　結婚の理由を問うのはなぜ愚問なのか

1

一般人には理解不能なわけのわからない冒険行を続けていると、講演やトークショーの折に横っ面をひっぱたかれるような質問が飛んできて、困惑することがある。

これまで断然多かったのが「どうしてそんなことをしているのですか？」という質問だった。

物事というのは単純であればあるほど中身は謎めき、深遠になる傾向がある。複雑な問いなら背景や構造を説明すればいいいので、それに気づきさえすれば答えるのは簡単だ。しかし、その反対の、たとえば〈ゼロ〉とか〈空〉とかといった観念になるとシンプル極まりないだけに、回答に到達するには人生の全時間を注ぎ込む気概が必要である。

　この「どうして冒険などしているのですか？」という問いもまた〈ゼロ〉や〈空〉同様、シンプルゆえに答えに窮する類いの質問だ。探検や冒険をすることをひとつの生き方として選んだ人間にとって、この質問は「なんのために生きているんですか？」という質問とほとんど同じである。私も釈迦《しゃか》やキリストではないので、こんな難題にアドリブで的確な答えをあたえることはできないし、仮に的を射た答えを返せたとしても、その的確さが問いの深遠さにくらべていかにも軽く感じられて、かえって胡散《うさん》臭くなり、説得力をうしなわせる結果となるだろう。つまりこの問いに答えるのはほぼ不可能。だから私はいつも口をもごもごさせながら、「冒険で死を取りこむことで逆に生の手応えを得ることができるんです」みたいな、どこかで聞いたようなありきたりで浮ついた言葉を述べて、その場を濁してきた。

　最近は「どうして冒険しているのですか？」という質問はあまりされなくなった。そのかわりとみに増えてきたのが「なぜ結婚したのですか？」という問いだ。

　結婚について訊ねてくるのは一般の読者ではなく、雑誌や新聞のインタビューで会った記者や編集者であることが多い。記者や編集者には職業柄質問するという大義があるため、結婚のようなプライベートな領域にも図々しく踏み込んでこれるのだろう。

　とくに『極夜行《きょくやこう》』（文藝春秋）という本を出してからは頻繁に訊かれるようになった。たしかに『極夜行』では、探検記にもかかわらず冒頭に妻の出産シーンをもってきたし、最近ではエッセイやツイッターで家族生活を赤裸々に明かすことも増えた。それどころか私は父親になった興奮から、ついつい勢いあまって、父になることを主題にしたより直接的な家族もののエッセイを単行本で出版するという愚挙《ぐきょ》にもおよんでいる。冒険活動をしているにもかかわらず、結婚や家族が人生において重たい比重をもつようになったことを私自身、積極的に明かしているわけで、そのことがどこか冒険を主軸にした生き方と矛盾しているように感じられるのだろう。

だが不思議なことに、これは自分でも予測していなかったことなのだが、この質問を受けるといつも違和感をおぼえる。不愉快になるといってもいいだろう。少なくとも「なぜ冒険なんかしているんですか？」という質問より気持ちがざわつくのは、たしかだ。

はっきりいえば、私は世の中に無限とある質問のなかで、これほど答えるのが馬鹿馬鹿しい愚問はないと思っている。

そもそも一人の人間が結婚することに、何か説明しなければならない明確な理由などあるのだろうか。

ある人間が別の人間と出会い、一生を共にすることにした。結婚とは、いってみればただそれだけのことにすぎない。結婚にはそれ以上の事情もないし理由もない。それでも強いて理由を探せば、しかしその説明は畢竟《ひっきょう》、どこか覚束《おぼつか》ないものとなり、どんどん嘘くさくなってゆく。たとえば性格が優しいから結婚した、一緒にいて楽しいから結婚した、みそ汁が美味かったから、巨乳を弄《もてあそ》べるから、外見がいいから、不動産所得で暮らせるから、義父が死んだら巨額の遺産がころがりこむから等々、それこそ典型的な理由などいくらでも思いつくわけだが、しかしこのような単純で明確な特定の枠のなかに結婚行動の全体を押しこめて理解してしまうと、逆にその結婚は突如底の浅い、スカスカなものとなり、本来、結婚という決断の裏にある、うねうねと絡みあったとらえどころのない内実を切りすててしまうことになる。つまり「あの人、とても優しいから結婚したの」と言葉で説明した瞬間、本当はもっと複雑な思いが重なり合った末での結婚だったのに、それらはすべて存在しないことになり、多層的な二人の関係は〈優しい〉という、どこか言葉足らずなひとつの原因に集約されるのである。

もし具体的な説明が可能だとすれば、それは生物学的な解釈からの説明しかないかもしれない。グンカンドリが求愛の際に喉にある赤い袋を膨らませて自己顕示するのと同様、将来妻となる女と出会ったとき、私の全身にはテストステロンが駆けめぐり、性的欲求をおぼえて子孫をのこしたいという身体反応があらわれ、もう駄目だったんだ、おれは、ぐはははは、みたいな、〈なぜ〉ではなく、〈どのように〉という機能面からの説明なら妥当かもしれない。

しかし、それではなぜ結婚したのかという質問者の意図にはまったく沿っていないことになる。なぜなら質問者はもっと私の生き方と絡めた返答を期待しているはずだが、この返答ではその意図に答えていないからである。質問者が知りたいのは、私の生き方、すなわち冒険との関連から見た結婚の是非なのである。

残念ながら、私のほうにはこの意図にたいする回答は用意されていない。結婚という決断がくだされたとき、私のなかでは、冒険という自分の生き方との関連において、結婚するかしないかという意識は皆無だった。結婚することによって探検家としての自分の生き方がどのような影響を受けるのか、妻ができて家庭ができたら独身時代のような自由はうしなわれて辺境など行けなくなるんじゃないか、とそういった不安は、私の意識には生じなかった。つまり私は探検家としての自分の生き方とは無関係に結婚することにしたわけだ。それはおそらく、私が結婚というものを自分自身の意志によって選びとり、かつ捨てさることのできる選択肢として認識していたわけではなく、自分自身の意志とは別の大きな力、時間の流れによって発生する人生の事態のひとつだと認識していたことのあらわれだったのだと思う。自分の生き方に関係なく、結婚すべき事態が目の前に立ちあがった以上、私はその事態のただ中に身を投げ出さざるをえなかった。

私の理解では結婚とは選択ではなく事態である。つまり結婚は私が自分自身の意志で合理的に選んだ結果ではなく、様々な流動的な事情や経過が渦のように錯綜して、かつそこに私という生身の生き物が放りこまれ、双方が相絡まって混合し、いつしか大きな状況として急速に隆起し、画然と立ちあらわれてきた状況の変異様態なのだ。気づくと結婚すべき相手が目の前におり、目の前にいる以上、結婚する以外にどうしようもないので結婚する、というのが結婚という人間行動の実相なのだと、私は思う。

2

とはいえ、冒険者が結婚して家庭を築くことに多くの人が違和感をもつことも、まあ、理解はできる。

一般的に冒険者というのは沢田研二《さわだけんじ》の名曲「サムライ」のような人物だと理解されている。この曲で沢田研二はジェニーという女に〈ありがとう　お前はいい女だった　お前とくらすのがしあわせだろうな〉と感傷的な言葉をくり述べておきながら、別のところでは〈俺は行かなくちゃいけないんだよ〉と自己憐憫にひたりつつ全く正反対のことを述べ、男性原理にもとづく手前勝手な行動を正当化する。

〈寝顔にキスでもしてあげたいけど
そしたら一日　旅立ちが延びるだろう
男は誰でも不幸なサムライ
花園で眠れぬこともあるんだよ〉（作詞・阿久悠《あくゆう》）

世間的にいえば、冒険者というのはジュリーの唄うこのサムライのような男である。女が守る家や城から飛びだし、放浪者として自由を求めずにいられない存在、それが冒険者だ。したがって私のように結婚して子供を作り、その子供との麗しき日々を嬉々としてツイッターで公表したり、三十五年ローンを組んで鎌倉に戸建て住宅を購入したりといった小市民的行動は、まさに冒険者らしからぬ行状ということになる。だから、あなたがもし本物の冒険者ならば、と人は問うのだろう。妻子を捨ててヨットか何かで日本を飛びだすべきじゃないですか？　と。海外の港にふらふらと寄港しながら、世界各地で子供を作り、ザックひとつ背負ってヒマラヤの山に登ったり、橇《そり》を引いて北極点を目指したりといったことをやるべきなんじゃないですか？　あなたの意図する生き方と結婚は矛盾してませんか？　これが、私に結婚の理由を訊ねる質問者の意図である。

この意図は十分に理解できる。理解できるどころか、私自身、冒険にみられる男の行動原理と女性原理は、結局のところ衝突せざるをえないという認識をもっている。冒険とは自由を求める放浪の旅であり、家庭にしばられたらそりゃ冒険はしにくくなるわい、との一般的な見方を、私もまた共有しているわけである。

男は女よりも未知なる外側にあこがれを抱き、放浪や漂泊への衝動をより強く抱えている。たぶんこれはまちがいないところだが、そんなふうに男が外の世界に冒険を追い求めがちなのは、私の考えでは、男は女よりも身体的な可能性という点で限界を抱えているからである。

人間という生き物が生きている実感を得るためには、死の可能性に触れる必要がある。というのも、生の外側にある死に触れなければ、人間はいつまでたってもざらざらとした触感で生の輪郭線を実感することはできないからだ。ある対象をリアルに認識するために、それとは反対の対象から近づくのは有効な方法だ。男を知るには、男ばかりいる世界にいてもどうしようもないわけで、女を知ることではじめて男への理解も深まる。それと同じようなもので生きている手応えを得るには、どうしても死に触れて、死をおのれの身体的な感覚や、精神的な実感のなかに取りこむ作業が必要になる。

ではどのようにすれば死に触れて、死を取りこむことができるのかというと、それは端的にいえば、自然と触れあうしかない。自然というのは生と死を生みだす母なる基盤である。生きとし生けるものはすべて自然から生まれ、産み出され、やがて死して大地に立ちもどり、そして分解されてふたたび自然のなかに吸収される。自然とは生命の根源的な源泉であり、生命を生命として脈動させ、宇宙そのものを成り立たせている力および動因そのものだといえる。すなわち、自然とはおのれの意のままにならぬどうしようもないものだ。このように生死の湧きたつ自然に触れ、人間は死の臭いを嗅ぎつけ、そしてその死の暗い影を生にあてることで、おのれの生をリアリティーをもって感じることが可能となり、自分は今、生きているのだ、との生々しい手応えを得ることができるのである。逆に自然から完全に隔離された死の臭いのまったくしない人工的な世界では、生の実感はうしなわれる。

自然の禁断の領域に触れることで、人間は生のなかに死を取りこみ、生そのものを活性化させることができる。では具体的にどのようにすれば自然の奥にあるこの禁断の領域に踏み込むことができるのかといえば、ひとつには山に登るなどといった活動もわりと手軽に実行できる有効手段なのだが、それよりもはるかに効果的なのが、私の考えによれば、妊娠して子供を出産することだ。

　妊娠、出産とは自分とは異なる別の生命体を、自分の腹のなかに抱えこんで融合し、最後に産出する営みであり、じつに無茶苦茶な生命現象だといえる。自分と異なるということは、おのれの意のままにならぬ、ということであり、先ほどの自然の定義をあてはめると胎児とはまさに自然そのものである。その意のままにならぬ大いなる自然を、女は自分の身体にまるごと押しこめてしまうわけだから、これはエベレストが身体の内部で造山しているようなもの、妊娠、出産こそまさに究極の自然体験型活動《アウトドア》というほかない。ところがきわめて残念なことに、男という性はこの究極の自然活動を永久的かつ絶対的に経験することができないのだ。人間にとってのみならず、全生命にとって自分のコピーを生みだす繁殖活動は生における最大の事業であるが、この最大の事業のもっとも深遠な部分に、男は本質的に関われない。エベレストには登れても、女のようにおのれの身体の内部でエベレストを感じることは不可能なのである。

　女は子供を妊娠、出産することで、外の世界に頼ることなく、おのれの身体ひとつで独立的かつ内在的に自然＝死の可能性に触れ、そして生きていることの究極の神秘を理解する。

だが、男はその経験を享受することができないし、想像することすら能わない。男には宿命的にこのような生物学的な非統一性、不完全性がつきまとっており、その意味で男の実存の中心には完璧なる虚無《きょむ》が穿《うが》たれている。となると、男は自分の身体で独立的に自然を経験できないわけだから、その不完全な肉体をはなれて、身体の外側で、妊娠・出産にかわる充足的な自然を求めるしかないわけである。何しろ私の理論によれば、自然に触れて死の可能性を身体的に取りこまないかぎり生の手応えは得られず、人生が空虚で満たされないものとなってしまうのだから。

このような身体的な限界ゆえ、男は内側を離れて外側を志向するようになる。家を離れ、郷里を旅立ち、あらゆる共同体から離れ、土地から遊離した存在となり、どこかにリアルな生があるのではないかと彷徨《さまよ》い、何年も何十年も家に帰らない放浪者のような生き方を追い求める。自分の真ん中にぽっこりと空いた、子を孕《はら》めないという虚無をそれにより埋めようとする。

ポール・ツヴァイクは『冒険の文学　西洋世界における冒険の変遷』（中村保男訳・法政大学出版局）で、冒険をもとめるこうした男性原理の本質をずばり女性からの逃亡であると断定している。

ツヴァイクによると冒険とは危険への逃走なのだが、冒険者が何から逃げているのかというと、それは女からだという。女という性が象徴するのは、外にむかおうとする男を囲いの内側に取りこみ、おのれの支配下において管理しようという魔力である。〈女性は相手を拘束する力をもっている。彼女らは、冒険者のエネルギーを秘密のロープでからめ限定する魔女なのだ〉とツヴァイクは書く。

〈冒険者の才能は、拘束者を拘束すること、女性の謎めかしいアイデンティティーの裏をかいてそれを打ち負かすことにある。冒険者が打ち負かす相手の女性は、家というものの魅惑的な〝家庭性〟――馴致性《じゅんち》――と共同体の空間を表現しているのであり、家と共同体は不動で、将来の予測がつくものであり、人間外の世界の没道徳的な霊力から防護されている。女性は、人間的な――と言うのはつまり社会的な――必要という安全な休息所――息をつく空間――を司っているのだ。〉

冒険とは、社会や時代のシステムから外側へ飛びだそうという行為のことである。システムとは人々の思考や行動を秩序づけて管理し、方向づけようとする無形の体系のことだ。システムの外側は国、法律、常識、慣習、科学技術が通用しない渾沌《こんとん》とした世界であり、いつの時代も冒険者の男性原理は管理された領域から、不確定要素に満ちた領域に飛びだしておのれの力を試そうとする。しかし、女は男たちのそのような身勝手なふるまいを決して許そうとしない。女というのは、外に飛びだそうとする男を家というシステムの内側に引きもどそうとする重力そのものだ。吸い寄せては離さないブラックホールというわけだ。したがって外に飛びだそうとする男と、内に引き留めようとする女とのあいだには常に緊張関係が生じる。

その証拠に女はいつの時代も「私と山とどっちが大事なの？」みたいな質問をして男を困らせる（驚いたことに六歳にすぎない私の娘でさえ「あおちゃんと遊ぶのと仕事とどっちが大事なの！」と怒り、私を閉口させることがある）。男の冒険者的論理からするとこれはじつに愚かな質問で、心のうちでは「山に決まってんだろ」と身も蓋もないことを考えている。何しろこっちは子供を産めないわけだから、山にでも登らないと実存の虚無をもてあましてしまう。なのだが、このような危険な本音をさらけ出すと、その瞬間に二人の関係は崩壊するので通常は我慢してぐっとのみこむ。しかし女の管理しようとする力があまりに強まり、外に飛びだそうとする自分の原理そのものが侵害されはじめたと感じたとき、男は女の支配領域から逃れ、家を離れる決断をする。当然、逆もまた真なりで、外へ飛びだそうとする男の身勝手な欲求が強すぎると判断したとき、女は離縁状をたたきつけ、家＝おのれの支配領域から男を放逐《ほうちく》する。

いつだったか、ある著名な民俗学者と会う機会があり、おもしろい話を聞いた。毎年のように北極探検で家を留守にしているにもかかわらず「わが家はうまくいってます」と放言してはばからない私にたいし、その民俗学者は、人生経験の浅さでも感じたのか、「角幡君、女のことを本当にわかっていないなぁ」と呆れ、次のような話を教えてくれた。

民俗学者も冒険者同様、フィールドワークで旅に明け暮れるため家を離れることが多く、帰りを待つ妻とのあいだにトラブルが絶えないという。民俗学者が長期の旅から帰宅したときに妻が見せる対応は主に二通りで、離婚届をわたされて「これにサインして」と冷淡に告げられるか、あるいは妻が新興宗教に入れあげ、財産をすべて寄付してしまっているかのどちらかだという。この逸話を教えてくれた後、その著名な民俗学者は、はっはっはと高笑いし、にっこりと私に握手を求めて悠然とその場を去った。いったい何が言いたかったのか、と半ば混濁する意識のなか、私は彼のことを見送った。まあ九割方冗談だろうが、しかしのこりの一割には決して無視できない真実がふくまれている、とも思った。

3

考えてみると、部屋や家や集落といった日常世界のぬくぬくとした居心地の良い生活空間は、生命の源をはぐくむ子宮《しきゅう》と明白な類似関係がある。家を離れ、共同体を旅立ち、明日すらみえない未知の空間へ飛び立とうという冒険者の行動は、母をはじめとする女たちが支配する保護された世界から自立したいという、男の幼児じみた願望のあらわれなのかもしれない。

ツヴァイクは、冒険者が旅先で出会い、克服し、打ち倒そうとする障害や敵もまた女性性そのものだと論じているのだが、こうした論点を補強するために彼が分析の材料としているのが、ヨーロッパ文学の源泉『オデュッセイア』である。この偉大な古典的英雄譚《えいゆうたん》には、女性原理から離れようとする男と、その男を囲いこもうとする女の、つまり男女間でつむがれる永遠の普遍的真理がはっきりえがかれているという。

『オデュッセイア』がどんな話かといえば、主人公のオデュッセウスはトロイア戦争で有名な木馬作戦を立案、実行したギリシア軍きっての知略家である。ギリシア軍は戦いに勝利してトロイアを落城させたが、その後、勝利の立役者となった英雄たちには次々と悲劇がおそいかかり、容易に故国に帰り着くことができなかった。

たとえばギリシア軍最強の男アキレウスは敵の総大将ヘクトルを一騎打ちで討ちとった後、戦死。第二の猛将アイアスはアキレウスの遺品をめぐりオデュッセウスと対立し、結果、自殺。スパルタ王メネラオスは海上を八年間漂泊。一番悲惨なのが総大将アガメムノンで、彼の場合は、こともあろうに妻が留守中に間男と情交を結び、凱旋《がいせん》帰国後に妻とこの間男の共謀によって暗殺されるという、男の死に様としてこれ以上みじめなものはない最期をむかえている。

オデュッセウスもそうした悲惨な面子の一人だった。彼は故国イタケに帰りつくまで海上を漂泊し、未知の国々を流浪し、その間、たびたび美しき仙女に誘惑されたり、一つ目の化け物に仲間を次々と食われたりといった、散々というか、羨ましいというか、そういう目にあい、ようやく二十年ぶりに妻や息子と再会をはたすのである。

『オデュッセイア』はまぎれもなく英雄譚なのだが、しかし先ほど指摘したように、この物語は男を囲いこもうとする女性原理とそこから逃れようとする男性原理の相克の物語でもある。読者は序盤でいきなりオデュッセウスの情けない姿を見せられ、いささか狼狽することになる。第五歌でオデュッセウスがはじめて登場するとき、なぜか筋肉隆々のこの英雄は少女のように海辺でさめざめと泣いている。なぜ泣いているのかというと、故国にのこした妻と息子が恋しくてたまらないのである。世界文学史上最大の英雄は、このようになんとも女々しい姿をさらして檜舞台に登場する。

しかも矛盾したことに、オデュッセウスはこのときカリュプソという名の美貌の仙女が支配する島に留めおかれていて、なかなか楽しそうな暮らしをしているのである。

トロイア戦争終結後、嵐の海を漂流し、怪物たちの住む未知の国々をさすらい、冥界にくだったオデュッセウスは、その後、海上で恐るべき化け物に襲われ、荒れ狂う海に放り出された。船は難破し、生死をともにした仲間たちも渦にのみこまれて全員死亡。オデュッセウス一人だけがなんとか船材にしがみつき、絶海の孤島に流れつき一命をとりとめた。

この島に住むのが仙女カリュプソだった。オデュッセウスは故国への帰還を切願したのだが、彼の男っぷりを見初めたカリュプソはその希望を受けつけない。彼女は人間ではありえない神々しき美貌と、男の目をひきつけてやまないスタイルの持ち主であり、その魅力を駆使してオデュッセウスを籠絡し、永遠の命を授けるという約束までして永久に自分の支配下に置こうとする。だが、島での滞在が七年に及んだとき、冒険者オデュッセウスは彼女の誘惑を打ち破り、島を飛びだすことに成功する。愛する男を手放さなくてはならなくなったカリュプソは悲嘆にくれるが、ぶつくさ文句をいいながらも、海でさめざめと泣き続けるオデュッセウスのもとにおもむき、もう泣くのはやめなさい、私はあなたが帰国するのを是認します、などとやさしく語りかけ、いつものように交情し、海に漕ぎ出すための筏《いかだ》を作るよう命じる。

外に飛びだそうとする身勝手な冒険者の男性原理と、それを引き留めようとする女性原理との相克関係。この構図は『オデュッセイア』全体を貫くモチーフのひとつになっている。オデュッセウスというのはよほどもてる男だったようで、カリュプソの島に着く前にも、キルケというこれまた美しい魅力をもつ魔女の歓待を受け、ここでも日々交情にはげみ、一年間にわたって豪奢《ごうしゃ》悦楽の境地を堪能させてもらった挙句、もういい加減に帰りたいんだけど、みたいなじつに身勝手千万なことをのたまい、キルケのもとを飛びだしている。物質的および性的な快楽の極致を享受しても、生の虚無は満たされない。つまり男にとって女家族は本質的なものになりえず、飛びださずにいられないのである。

このように冒険者は行動しないではいられないのだが、それがなぜかといえば、冒険者は行動することではじめて自分を世界の中心軸に据えることができるからである。行動せずに女の管理下に取り込まれてしまうと、彼の世界は消失してこの世に存在しないも同然になる。ツヴァイクは、オデュッセウスは女性原理による〈呑み込み――埋没――を避けることに一生を費やした〉と指摘している。逃げることが彼の冒険だったのだ。その証として挙げられるのが、仙女カリュプソのもとに身を留めた七年間だという。じつは、この七年間は『オデュッセイア』の物語には何ら記述されていない。その日々はオデュッセウスという冒険者の人生においては語るに値しない日々であり、叙事詩の圏外に脱落している。どんなに愛や幸福で充たされても、女のもとにいる日々にはどこか虚無があり、究極的なところで彼の魂は救済されない。だから彼は女から逃れ、艱難辛苦が待ちうけているのがわかっているにもかかわらず行動を起こし、やらなくてもいい困難を引きうけるのである。困難の渦中でそれを克服しているときにだけ、彼の存在意義はあり、彼の世界は生じ、世の中に知らしめなければならない物語が生まれるというわけである。

だが、この物語は大いなる矛盾もはらんでいる。というのもオデュッセウスはカリュプソやキルケといった見目麗《みめうるわ》しき仙女たちの支配から脱することに成功するわけだが、しかし最終的にはより大きな存在の女性のもとに回帰することになるからだ。じつはこの物語の最終的な勝者はオデュッセウスではなく、彼の帰国を待ち望んだ妻ペネロペイアだ。

オデュッセウスが故国を留守にした二十年間、美貌の妻ペネロペイアのもとには国中から若い求婚者が集結し、オデュッセウスの領地で豚や羊を食いまくり、飲めや歌えの大宴会を日々繰りひろげるという人倫にもとる所業をつづけた。カリュプソから逃れたオデュッセウスの最後の仕事は、妻のもとにもどり、この無法者どもを一網打尽にすることだった。彼は一計を案じ、目論見《もくろみ》どおり次々と求婚者たちを討ち取り、最後にペネロペイアと再会を果たし、寝室で燃えるように愛をたしかめあう。そして家というペネロペイアの支配領域にもどったその瞬間をもって、オデュッセウスの語るべき物語も消失し、彼はこの世からいなくなったも同然となり、叙事詩『オデュッセイア』は終焉をむかえる。

ペネロペイアのもとに帰ることでオデュッセウスの冒険者としての生き方は幕を閉じた。しかし、よく考えてみると彼の冒険の最終目的は、物語のはじめからペネロペイアの待つ家にもどることだった。女の囲いから逃れるために不平をいう部下を叱咤《しった》激励し、怪物に襲来されて結局部下は全員死んだというのに、それで最終的にどこにむかっていたのかというと、最強の女性原理といえる妻ペネロペイアのもとだったのである。その意味で彼の行動はそもそもからして矛盾している。結局、最初から最後までオデュッセウスはペネロペイアの掌で三文芝居を演じつづける大根役者だったわけで、これでは死んだ部下も浮かばれないだろう。『オデュッセイア』を読むと、反発しつつも吸引しあう冒険と結婚の微妙な相関関係が見えてくる。結婚して子供が生まれ、家を構えると、冒険者は女性原理がつくりだす繭のごとき日常のなかで暮らすことになる。冒険だ、脱システムだ、と威勢よく非日常の世界に飛びだしたところで、大きな構図で見れば、その行動は妻の重力圏からまったく外に飛びだしていない。その意味で家庭をもった男が冒険に出るのは、その時点ですでに喜劇の様相をはらんでいるともいえるわけで、「なぜ結婚したのですか？」と私に質問する人は、非日常を志向する冒険行動と、家に軸足を置いた日常とのこの矛盾を突いているのである。

ホメロスの叙事詩が訴えたかったことは、いったい何なのか――。

結婚しないほうがいいですよ、からめとられますよ、ということだったのか？　そんな馬鹿馬鹿しい事実が心の琴線にふれるから、この物語は古典として古来、人々に諳《そら》んじられてきたのか？　しかし、オデュッセウスとペネロペイアの関係が男女の生態の普遍的な事実をついているとしても、それでもやはり私は「なぜ結婚したのか」という質問に違和感をおぼえる。

質問者がホメロスでも私は反発するだろう。くだらんことは訊かんでください、と。

4

私がこの質問に違和感をおぼえるのは、この質問をする人の全員、もう百人中百人が結婚について誤ったとらえ方をしているからである。どういうことかというと、どうして結婚したのか、と訊くということは、結婚しなかった場合もありえた、ということを前提にしているわけだ。だが私の考えではそれは全然ちがう。結婚することが決まったとき、当人にとってその結婚は、そうするよりほかない余儀なき〈事態〉として立ちあらわれてくるのだ。なのに質問者はそこを完全に見逃している。だから困惑するのである。

といわれても、多くの人は何を言っているのかよくわからないかもしれない。まずはここで私が言う事態という概念が、それこそどのような事態なのか少し考察してみよう。

事態とは過去の出来事が契機となって発生、隆起してくる実存的現象のことである。何の契機も無しに事態は立ちあがってこない。そして事態はかならず〈私〉という人間のふるまいや判断や瞬間的な思いつきなどがきっかけとなって発生する。つまり私の身のまわりで発生する事態は何であれ、まずは私自身に起因している。

自分自身の結婚を例にこのことを検証してみると、まず最初の契機は私が三十六歳のときに大学の友人たちと久しぶりに酒でも飲もうか、という話が出たことに端を発する。色んな女の尻を追いかけまわすことに探検とほぼ等量の情熱をそそいでいた当時の私は、男友達と飲むだけではせっかくの機会を無駄にすることになると考え、友人の一人に会社のオフィスレディーを連れてくるよう要請した。私の要望にこたえ、その友人は社の同僚女性三人に声をかけ、こうして男五人、女三人の気楽な飲み会がはじまった。飲み会は昔話に花が咲き、和気あいあいとした比較的楽しい感じで推移し、散会とあいなったが、それから幾日かたったとき、のちに私の妻となる女から私のPCに、（私の）本を読みました、かなりおもしろかったです！　という趣旨のメールがとどいた。このメールの文章が非常に生き生き、溌剌《はつらつ》としていたことから、私のほうもその生き生きとした文面に発情し、じゃあせっかくだから今度二人で飲みますか！　みたいな返信をおくり、それをきっかけに交際がはじまる由となった。

ところが交際がはじまると、私は何か変な気持ちになってきた。当時の私は一応、自著を出版することはできていたが、仕事も収入も不安定だし、探検で国外に出る期間も長いし、もしかしたら死んでしまいもどってこない可能性もある等で、コンパの際などもそれを理由に相手からその後の個人的な面会を断られることが多く、またそれゆえ自分が結婚できるとは思っていなかったし、また私自身、やはりオデュッセイア的男性原理を信奉しており、自由がそこなわれる結婚なぞまっぴら御免である、とも考えていた。のちに妻となる女と交際をはじめたときも、自分でもいうのは憚《はばか》られるのだが、なんというか、あの頃は私も若く、人間性が疑われることをしばしばやらかしていたものだから、申し訳ないが、その時点では結婚への意識などまるで皆無だった。ところが交際をはじめてわりと早い段階で、もしかしたら結婚とはこういう女とするものなのかもしれない、などと柄にもないことを思うようになっていたのである。こんなことはまったく、はじめての経験であった。

残念ながら〈こういう女〉の意味をここで詳しく明かすことはできない。ただ、いわゆる運命の女神みたいな、会った瞬間にピーンときた、というわけではないことは断っておこう。これ以上深掘りすると色々と差しさわりがあるのであとは察してもらうしかないが、とにかく私はそう思うようになっていた。それだけではなく実際に結婚を考えている、みたいな調子のいいことも二度、三度、口にしたこともあった。いや、十回ぐらい言ったかもしれない。とはいえ根はいい加減な人間なので、この段階では本気ではなく軽口半分だった。しかし妻となる女のほうはそうとは考えず、私の軽口を当然、本気と受けとめる。それからごにょごにょとしたことが色々あって、二度ばかし別れ話がもちあがったこともあったが、結局またすぐに、というか次の日には復縁し、さらにその後、ここでは明かせない微妙な経緯が重なり、最後は彼女から匕首《あいくち》を突きつけられるようなかたちで意志を迫られ、私は結婚を決断するにいたったのである。交際開始からわずか八カ月後の転向だった。

なにぶん男女の秘め事ゆえ、核心的な部分はぼやかすほかないが、私が結婚するにいたった雰囲気は行間から何となくわかってもらえたのではないかと思う。これが結婚は事態だという意味である。要するに私が結婚したとき、気づくとそうしなければならない状況に身を置いていた。私が結婚を決めたとき、その結婚は私が決める前にすでに決まっていたのだ。出会いから交際、結婚にいたるまでのあいだに、私には結婚にたいする決定的な意志や志向があったわけではない。だが、彼女にたいする私の微妙なふるまいや言動のひとつひとつが積みかさなり、方向性が発生し、それが状況を作り出し、やがて小さな渦が大きな渦へと成長し、逆らいがたい状況となってどんどん結婚のほうに傾いていった。

とはいえ、結婚が二人のあいだで生じた大きな流れの結果であるからといって、私の主体性や責任が取りのぞかれるわけではない。むしろ、このような事態を発生させたのは、まぎれもなく私自身だ。

たしかにきっかけは偶然だったかもしれない。飲み会にどの同僚女性を連れていくかは私の友人が決めたことであり、そのなかにのちに妻となる女が含まれていたことは、私の力の及ぶところではなかった。ここには偶然性が決定的な契機として作用している。だが起点が偶然だったとしても、この偶然が成長して事態として立ちあがってきたのは、私が色々とふるまったり言動したりして、それが妻の心に影響を及ぼし、むこうの行動を促したりしたからだ。つまり偶然に対応して、それが事態として立ちあがってくるまでのあいだ、当事者として中心的な役割を果たしたのはまぎれもなく私と、のちに妻となる女だった。私たち二人のふるまいがなければこの渦は大きくならなかったわけで、私たちはこの事態の主体的当事者であり責任の帰属先でもある。

事態とは私の過去そのものの現在における隆起である。過去は連綿とつづいている。そもそも私が友人と飲み会を設定することになったのは、私が探検家と名乗り本を出版するようになったのをその友人が知ったからであり、私が探検家と名乗り本を書くようになったのは、大学時代に探検部というクラブに入っていたからであり……と、私の過去はひとつらなりの物語として誕生まで遡ることができる。こうした過去における行動と選択のひとつひとつが各々の結果を生じさせ、私に固有の事態がいくつも隆起し、それぞれの事態に私自身が関わったことでさらに新たな事態が発生し、私という人間の人生はそれらの事態にのみこまれることで固有の歴史として運動してきた。

このように私自身の細かな行動、言動、判断、選択が無数に積み重なったその果てに、あの初夏の日の朝方、のちに私の妻となる女は、私の椎名町の六畳一間のボロアパートに予告も無しに来訪し、「いったいどうするのか」と言葉の切っ先をきらめかせて、私との関係の最後通牒《つうちょう》というか清算というか、そういうものを突きつけてきたわけだ。その意味で彼女が突きつけたこの言葉の切っ先は、私という人間の過去全体が憑依《ひょうい》した事態なのであり、それはこの時点における、誕生以来つらなってきた私の過去全体の最新バージョンであった。その瞬間、彼女と出会う前と出会った後のすべての私の過去がひとつの事態として結実し、突然むくむくと隆起し、巨大な波となって私の目の前に立ちあがり、全重量をもって私にのしかかってきたのだ。そのような状況だったので、私にはその波にのみこまれる以外の選択肢はなかった。

ここまで考えると「なぜ結婚したのか」という質問に私が違和感をおぼえる理由もだいぶ明瞭になってきたのではないか。

結婚には、言葉で説明できるような論理や理屈を超えた何かがある。この人と結婚したら経済的に裕福になれるとか、おいしいご飯を食べられるからなどといった、表面的な説明を超えた何か別の要因に突き動かされている。だからろくでもない人物と結婚することもあるだろうし、何でこの人と結婚するんだろうと、どこか釈然としないまま結婚するケースもあるだろう。

こう考えられるかもしれない。結婚は男女間の複雑な人間関係の結果生じるものであり、相手の心を自由にできない以上、二人のあいだにはかならず予測不能な変数が発生する。だから出会いから結婚にいたるまでの過程を完全に因果では説明できない。因と果のあいだに量子力学的予測不能性がまぎれこみ、自分の意志を超えて神がサイコロをふるため、単純な理屈や論理ではどうしても解けないのだ。自分の意志を超えた何かが発生したとき、それが意志を超えているからこそ、それに従わざるをえない、ということは結婚でなくてもよくあることではないだろうか。

そこまで考えたとき、「なぜ結婚したのか」と訊ねる人の意識には、結婚を事態ではなく選択とみなしていることがわかってくる。

結婚を選択だと考えるということは、人生が有利になるか不利になるかという観点で結婚をとらえているということだ。意地悪な言い方をすれば損得勘定が働いていると言ってもいい。これまで述べてきたように、私の考えと経験からすると、結婚とは合理的な判断を超えた何かであり、相手との関係性以外に、私自身の過去がそのように仕向けた結果であるという要素が強い。だが「なぜ結婚したのか」と問う人は、たぶん結婚をこのようには考えていない。そして現実には結婚を事態ではなく選択だと考える人が多数派だろう。だから多くの人にとって、私が結婚したのは非合理的選択のようにうつる。

「なぜ結婚したのか」という質問に私が違和感をおぼえる要因は、たぶんここにある。現代人の観点からすると結婚は今や選択可能な事務処理問題のひとつにすぎなくなっている。結婚ほど不合理な事態として立ちあがってくる現象はほかにあまりないのに、多くの人はこれを合理的にとらえうると認識しているのだ。であるなら、身のまわりに起きる結婚以下の有象無象の出来事など、当然すべて合理的に判断できるし、またそうすべきだと考えている、ということになる。私が違和感をおぼえる原因は、すべての事態に理性的に対処すべきだし、できるはずだと考える現代人の身のほど知らずな発想と態度にある。

5

結婚は合理的選択の対象である、というのが大方の人の結婚観なのだろうが、どうしてこんな発想になるのだろうか。

将来を見据えて何かを理性的に判断しようとするとき、人はまず不確定要素を取り除こうとするだろう。

冒険や探検で実感するのは、不確定要素を取り除こうとするのは人間の生き物としての本能だということだ。冒険とは、未知という不確定状況をみずから望み、その不確定状況のなかにおのれの身を投げ入れ、でもその不安に耐えきれず、不確定状況を確定状況に変えようと努力する、その一連の行動のことである。なぜこんな矛盾した行動をとるかといえば、不確定状況が確定状況に変わったその瞬間に、生きている手応えを得ることができ、そこにほかでは経験できない面白味があるからなのだが、こうした矛盾のなかであがくからこそ、冒険をしていると人間にとって不確定状況がいかに嫌な感じがするかよくわかる、ともいえる。

不確定状況というのは将来が見えないことであり、現在から先の時間軸上に闇がおおいかぶさった状態のことをいう。先が読めないのだから、これはリスクそのものだ。冒険者はリスクを望み、そしてそのリスクをのりこえることを業とする者だが、これはあくまで冒険者特有の心理であり、冒険をしない一般の人々はそもそもリスクなど望んでいないのだから、最初からこれを避けようとするだろう。なんらかの事態が発生してそれに理性的に対処しようとするとき、まず優先されるのは不確定状況というリスクを回避することである。「なぜ結婚したのですか？」という質問の裏にも、このリスク回避の発想が見え隠れしている。

少し考えればわかることだが、結婚というのはリスクそのものである。しかもそれは想像を絶する甚大なリスクだ。そもそも相手がどんな人間かなど、一緒に暮らしてみなければわかったものではない。たとえ長年交際して気心がわかっているつもりでも、同じ家に暮らし、生計を共にし、一蓮托生《いちれんたくしょう》が前提となると、これまで見えなかった性格が見えてくる。理解や解釈を超えた存在、それが生ける他者であり、結婚してはじめて相手の本性は露わになるものである。

いやいや、結婚して相性があわなければ離婚すればいいから、もうそれで全然平気だから、と嘯《うそぶ》く輩《やから》もいるが、現実を考えると別れるのはそうそう簡単にはいかないはずだ。だいたい結婚したらしたで生活環境が変わるわけだから、それまでとちがった事態が発生するのが普通である。典型的なのは子供の誕生で、子供ができたら家庭生活は子供中心になり、自分の時間はもてなくなるし、子供は、子供がいなかったときには到底想像できないほどかわいいので、できるだけ一緒にいたいと望むようになる。本能として子供と時間をともにしたいので、自分の趣味や仕事の時間を減らす。すると仕事のペースがガタ落ちする。感覚的には子供がいるのといないのとでは、仕事の効率は半分近くまで落ちるだろう。さらに子供ができると生活環境もそれにあわせて変えなくてはならない。夫婦二人のときに比べて居住空間が狭くなるので、より広いファミリー物件や戸建て住宅に引っ越すことになる。

さらに子供ができると結婚相手の性格も変貌する。とりわけ男の目から見ると、女が妻から母親になると完全に別の生き物に変質するといっても過言ではない。彼女や妻だった頃に見られた純朴なかわいさは、まず消え失せる。そして出産という肉体的な痛苦をともなう難事業を成し遂げたせいか、母親として貫禄がつき、腹も据わって太々しくなり、夫にたいしての態度も一変し、眉間には深いしわが刻まれる。このような妻の変貌を目の当たりにすると、夫の妻にたいする視線も変わる。誤解してもらってはこまるが、これはあくまで一般論だ。

このように結婚を機に夫婦のあいだには様々な事態が出来し、物理的、環境的、肉体的、心理的に状況が変わっていくわけで、いざ変わってしまった後に離婚できるかといえば、そう簡単に決められないはずだ。新婚当時とちがって離婚には相当なエネルギーを要することになるから、通常はそれを避けようとする。夫婦共々、細かいところをいえばお互い様々な不満はあるが、それは我慢して家庭を維持しようとする。それが現実的な夫婦生活であり、こうした現実を考えた場合、結婚とはやはり死ぬまで一生添い遂げることを前提にした決断だといえるだろう。偽装結婚等の特殊なケースをのぞき、別れること含みで結婚する話など、あまり聞いたことがない。

要するに、どこの馬の骨かもわからない赤の他人と一生を添い遂げる、これが結婚の真実の姿だ。結婚してみたら相手はとんでもない浮気野郎かもしれないし、ひどい浪費癖をもつ女かもしれない。虐待癖のあるＤＶ野郎だという可能性もあるし、大量のムカデを飼育するなど人目をさけて隠密につづけていた奇妙な趣味があるかもしれない。相手の両親と不仲になるとか、子供の教育方針をめぐって意見が対立するとか、細かな点をあげれば結婚ではじめてわかる相手の性格はいろいろある。

どんな人物かわからない相手に引きずられるだけに、自分の人生の状況だって確実に変わる。結婚すると、先ほど挙げたような様々な事態が出来し、その新たな事態に人生がからめとられていくのが普通だ。

実際、私自身、結婚を機に人生の様相は予期せぬ方向に変転した。それまで六畳一間のアパートに住んでいたのが、近所のマンションに引っ越し、そこで子供ができた。子供ができると、生き物の本能として子供の将来のことや、今の住居が子供の教育環境として適切かどうかを考えるようになり、このこと自体、結婚する前の私には想像できなかった。そしてその結果、今では三十五年ローンを組んで鎌倉の山の際にある中古の一戸建てを購入し、そこで暮らしている。こんなことを結婚前の私は望んでいなかったし、ローンを組んで家を買うことになるなんて想像すらしていなかった。それどころかローンを組んで家を買う人たちを、結婚前の私は、自由を売りわたしたみじめな人間像と考え、「懲役〜年」などと言って嘲笑、侮蔑《ぶべつ》していたのだ。

結婚前の私と結婚後の私とのあいだに共通するのは、年に数カ月間海外に探検旅行に出かけて本を書くという活動面だけであり、私生活の面では完全に連続性を欠いている。それだけでなく考え方や人生のとらえ方も大きく変わった。結婚前の私が今の私を見たら、あまりの変貌に愕然として悲嘆に暮れるだろうが、現実としての今の私は、この変化をかなり楽しんでもいるのである。

このように、結婚すると自分も変わるし相手も変わる。要するに、それをやったらどうなるか、やる前には絶対にわからないのが結婚というものである。こんなリスキーな行動はほかには考えられない。合理的に考えたら、結婚などやらないほうがいいわけで、ほとんど狂気の沙汰、とさえいえる。今の自分をキープしたいのなら、たしかに結婚などしないほうが絶対に得策である。

「なぜ結婚したのか」という質問の裏には、このように結婚はリスクであり、避けたほうが無難という発想が見え隠れする。

結婚すれば、結婚前の自由や自分だけの時間はうしなわれ、妻や子といった他者との関係の比重が増すわけだから、人生はコントロール不能な状況に突入する。冒険者にとっては、結婚して日常生活を女の管理領域に明けわたせば、冒険しにくくなるのは確実なわけだから、それは冒険者にとってはきわめて非合理的選択だ。冒険を恙《つつが》なくつづけたいなら結婚は避けたほうが無難である。そんな予測不能な危ない橋を渡るぐらいならこのまま自由を確保し、人生を思い通りにコントロールしたほうが気楽だ。結婚は選択であると考える現代人の意識の底にはこのような結婚観がある。

私が「なぜ結婚したのか」という質問に最大の違和感をおぼえるポイントもここにある。今述べたようにリスク回避という合理性だけで考えたら、結婚というのはかなり馬鹿げた行動だ。この考えに理屈で反論するのは、かなり難しい。論理的な筋道はとおっているからだ。しかし何かおかしい。結婚だけではない。もし身のまわりに生じるすべての事態にたいし、いちいちこのように機械的な合理性だけで対応してしまえば、生きていくうえで重要な何かを取り逃がしてしまうのではないか。それは何か。この何かというのは、妻とか子とか鎌倉の家などといった物理的な人間や事物を超えた、もっと実存的で形而上《けいじじょう》学的な何かであるように思えるが、それは何なのか――。

私の考えだと、それは自分以外の何ものかと本質的に関わるという経験である。そしてその関わりから生じる新しい可能性だ。ここでの〈何か〉とは人間とはかぎらない。それは物や道具や書物かもしれないし、あるいは土地や動物かもしれない。しかしそれが何であれ、人間の実存は自分以外の何かと深い関係をもつことではじめて動き出すものなのではないか。他者との関わりそのものである結婚はそのもっとも究極的な事象なのではないか。

6

ではその関わるとはいったい、どういう事象をいうのか。

結婚という他者との関係性が生じる最初の契機は偶然だ。私の結婚のケースにもどると、大学時代の友人が飲み会に会社の同僚女性を連れてきたことが事の発端としてあり、友人が選んだなかにのちに私の妻となる女がいたことは、まさに偶然以外の何ものでもなかった。自分以外の何ものかと関係を築くことは、じつはこの偶然性を肯定して受けいれることが、その前提としてある。きっかけは偶然であるが、その偶然により二人のあいだに関わりが生じて、それが進展すると、その関係のなかに二人の過去と未来が存在することになる。

この観点から結婚の発生過程をあらためてながめてみると、まず偶然性を肯定するという態度で日々生きていると、気になる人があらわれたときに、まあ、この先どうなるかわからないが、ひとまずその偶然の出会いにわが身を投げいれてみよう、というポジティブな気持ちが生まれ、その方面にむけて世界の可能性ががばっとひらく。そして開闢《かいびゃく》したその可能性に実際に身を投げいれて、交際してみる。すると、その状況のなかで二人がお互いにいろいろとふるまったり言いあったりするうちに関係は進展していき、自分でも予期しないかたちで最後は結婚するのかしないのか、という事態が立ちあらわれるわけである。

くりかえすが、この結婚という事態なるものは、私の意志というより、こうした私自身のふるまいや言動が育んだ事態なわけで、つまり私はこの事態の当事者にほかならず、この事態は私自身の過去の産物である。いや産物というより、この事態はむしろ私の歴史であり、私の過去の足跡と経験そのもの、私の私性が現実の事象に姿を変えてこんもりと生起した現実態だ。なので、この事態は私自身にひとしく、これを切りすてることは自分自身の過去を切りすてることにひとしい。それはしのびないことだし、自分にちゃんとむきあっていないんじゃないか、という妙な、気持ち悪い苦しみすらわく。だから事態が立ちあがったとき、私は過去を引き受け、おのれの歩みに責任をもつためにもその事態にのみこまれるよりほかなく、その意味では事態という私自身の分身にのみこまれている、ともいえる。要するにこの結婚という事態には私の過去そのものが存在している。

さらに結婚後の二人の関係をひとつの実存体とみれば、今述べたのと同じことがあてはまることがわかる。

事態の成りゆきにまかせて結婚した。すると妻という人間とのあいだに、これまた思ってもみなかったさらに深い関係が生じる。この関係を解析してみると、それがどういう関係であれ、そこには相手や対象にむかう方向性が存在する。つまり私からみたら、妻にむかって私の私性の一部が乗りうつっている。というのは、そもそも結婚した時点で、その結婚という事態は私自身の過去そのものだったわけで、その結婚によって生じた妻との関わりあいのなかにも当然、私のこの過去が乗りうつっているといえるからだ。この関係は妻から見ても同じで、妻の過去は私にむかってにゅるにゅると蔦《つた》がのびるように延伸しており、私の過去＝私性と、妻の過去＝妻性という双方からのびた蔦は、二人の関係の中心でからみあい、交錯し、複雑に一体化している。この重なり、ぐるぐると巻きつきあった部分に私と妻の過去はまぎれもなく存在しており、同時に二人の未来の可能性もそこから開かれる。

こうして生じた新しい関係性に、私と妻はそれぞれ、これからの歩みを投げいれる。というより、何度も述べたように事態というのは当事者の意図にかかわらず進展・膨張するものなのだから、二人はもはや、お互いの過去から生じたこの新しい事態にわが身を投げいれざるをえないわけで、ある意味、投げいれられている、といっても過言ではない。投げこまれた結果、今後どうなるかはその時点ではわからない。ただ、状況は刻一刻と進展し、その刹《せつ》那《な》、刹那で巻きこまれる二人の関係があるだけだ。新しい関係のなかにわが身を投げるうちに、やがて子供が生まれる、家を買うなどといったさらに新たな事態が出来し、その都度、新しい方面にむけて未来が新規に開拓されてゆき、そこに投げいれられ、そこからまた別の可能性が生まれてくる、ということを延々と死ぬまでくりかえす。

このように関わりが生じると、自分の過去と未来がそのはざまに組みこまれる。その意味で、生きることの本質は自分以外の何ものかとの関係のなかに生じる何かにあるのであり、人間の実存とは時間軸上でぐるぐる回転する、関わりと事態の不断の運動体だといえる。

さて、自分以外の何ものかと関係を築くきっかけは偶然である、と私は今書いた。偶然という成りゆきに身をまかせることで自分以外の何ものかとの関係は生じるわけだが、実はこの成りゆきに身をまかせるという態度は、冒険者が行動中にかんじる、自然には逆らえないというあの認識とほぼ一致している。

冒険とは秩序に守られ、管理された日常的な領域から外側に飛びだす行為であり、システムのむこうの渾沌とした不確定な領域で展開される活動のことだ。そこはマニュアルや前例のない、将来を見通すことのできない不確実な世界である。したがって冒険中はその先で何が起こるか読めないことが多く、よりどころのない未来に身を投げいれなければならない。不運にも荒れ狂う風雪に閉じ込められるかもしれないし、三階建ての建物ぐらいの高さがある乱氷帯があらわれるかもしれないし、突破不可能な岩壁に行く手を遮られるかもしれない。どうなるかは現時点では読めない。冒険とは闇のなかを手探りで進み、困難な局面を自分の力で突破して生きながらえる営為であり、次にどのような局面があらわれるかは自分の力を超えたことであり、その意味で冒険者は随時立ちあらわれてくる偶発事を受けいれなければならないわけである。

冒険中にどのような局面があらわれるか、そこは神のはからいの領域であり、正確に予期することは不可能、そうであるだけに偶然性というこの理不尽で不確実なリスクに身をゆだねるという態度のなかに、冒険が冒険である本質が存在しているともいえる。いいかえれば偶然あらわれた局面を肯定し、受けいれ、そこで行動を起こして乗り越えることによって、その乗り越えた対象と深い関係を築き、調和、一体化にいたる、その一連の行為こそ冒険だといえる。

偶然を肯定し、受けいれるこの冒険者の態度は、事態を受けいれ、そのなかに生きる結婚者の態度と同じ構造をしている。冒険も結婚も偶然性という不確定要素を肯定することで自分以外の何ものかと関わりあいをもつ営為であり、その意味で、双方とも関わりをつうじて真に生きることを経験するための行動だともいえる。この見解をすこし敷衍《ふえん》すれば、人間が生きるということは、そのとき、その状況で発生した偶然を受けいれることだと定義することもできるだろう。人生とは、みずからの意志に関係なく降りそそいでくる偶然の火の粉を浴びながら進むことなのである。

考えてもみれば、母親の胎内から誕生した時点で人は偶然の所産である。なぜなら子供は親を選択することはできないからだ。どの国のどの町に生まれるか、どの家庭で育つかは、自分の意志の範囲外の運命にゆだねられている。これはよく考えたらじつに非道《ひど》い話である。芥川龍之介によれば、河童《かっぱ》は子を産む前にまず胎児に生まれる意志があるのかどうかをたしかめたうえで出産におよぶらしいが、これが本当なら、自由意志や人権という近代的価値規範からみたら人間より河童のほうがよほど理にかなっている、ということになる。つまり、人間は河童ほど近代合理主義につらぬかれた存在ではなく、はるかに原始的で、未開で、野蛮、自分の生を意志でコントロールすることさえできない劣った生き物だということだ。でも、だからこそ、まずは誕生時の偶然性を認め、この人が親だ、ということを受けいれなければ生ははじまらない。望んでもいないのに生まれさせられたというこの不条理を受けいれないと、人は成長することができない。

「なぜ結婚したのですか？」という質問に違和感をおぼえる理由は、つまりそういうことだ。結婚を意志による選択だとみなし、合理性を優先してしまえば、結婚は偶然性に身をさらすことそのもの、リスクそのものと切りすてられ、結婚しないという選択肢をとらざるをえなくなる。でも、それでは他者との関係をつうじてえられる実存の確かさを経験することはできなくなり、河童になってしまうのである。

第一章　テクノロジーと世界疎外――関わること　その一

1

事態が立ちあがるきっかけは偶然の出来事であり、そこから発生する他者との関わりである。大事なのは関わることであり、いかに他者との関わりを深めるかが、じつは今の私の探検の大きなモチーフになっている。といっても、私の探検は人間のいない荒野が対象なので、関わる相手も人間ではなく土地や動物なのだが……。

いずれにしても、関わることの重要性について真剣に考えるようになったのは、北極探検をはじめてからだった。

私が北極をはじめて旅したのはもう十年近く前、二〇一一年三月から七月にかけてのことである。

十九世紀に百二十九人の隊員全員が死亡するという北極探検史上例を見ない遭難劇を引き起こしたフランクリン隊という英国海軍の探検隊があった。その足跡をたどり、彼らが見た風景を追体験することで、彼らが書くことのできなかった旅の物語を自分がえがけるのではないかと考えたことが、私がこの旅を実行した動機だった。

このように目的はやや感傷的なものだったが、旅の内容はなかなかハードなものだったと、今ふりかえってもそう思う。四十四歳となった今の私には、このような体力まかせの旅はできないだろうし、魅力もあまり感じなくなった。

それはともかく、問題のフランクリン隊だが、彼らの目的は幻の航路とよばれた欧州とアジアを結ぶ北西航路を探すことにあった。聖杯《せいはい》の探索にとりつかれたフランクリンらは二隻の軍艦でグリーンランドの西岸沖を北上し、つづいて極北カナダに広がる迷路のような多島海に入りこみ、地図の空白部にあたらしいルートを見つけ、そこを南下した。数名の死者が出ていたものの、そこまでは、まあ、まずまずではあった。ところが、キングウィリアム島という島に接近したところで様相が変わりはじめる。島の沖で浮き氷に行く手をはばまれ軍艦が座礁、食料が枯渇して隊員たちは飢えに苦しみ出した。さあ困った。当然海軍の探検隊だから銃砲は大量に持っていたし、狙撃技術もあっただろうから、海豹《アザラシ》や海象《セイウチ》や白熊や馴鹿《トナカイ》などを獲ればいいのに、どういうわけか彼らは狩猟にはあまり関心がなかったようだ。そのうち隊員たちは不良缶詰による鉛中毒とおもわれる症状でばたばた倒れ出し、のこった者はカニバリズムに手を染め、仲間の死肉に手を出し、最後は北米大陸を目指して島からの脱出をはかる途上で全員の命が絶たれた、と考えられている。

私は友人である北極冒険家の荻《おぎ》田《た》泰永《やすなが》を誘い、彼らの探検のルートを可能なかぎり追跡しようと考えた。出発地点は北緯七十四度にあるレゾリュートベイという極北カナダの小集落だ。そこから橇を引きながら凍結した多島海の海峡を南下し、フランクリン隊の遭難劇の主舞台となったキングウィリアム島にむかう。島の集落で少し休憩した後、再出発し北米大陸に上陸、春になり雪が解けるなか、不毛地帯と呼ばれるツンドラの湖沼地帯を南下し、ベイカー湖という大きな湖を終着点とした。

私と荻田は総延長約千六百キロ、行動日数百三日というスケールの大きな旅を実行したのだが、しかし私は旅の途中から何やら歯がゆいものを感じていた。それは、この旅のかなり大きな部分がＧＰＳと衛星電話というテクノロジーに依存しているのではないか、という思いを払拭できなかったからだ。

とりわけこの旅で私が感じたのは衛星電話よりＧＰＳにたいする違和感だった。

近年、冒険、探検の世界でほぼかならず使われるようになったＧＰＳと衛星電話。このうち衛星電話にたいする違和感は、冒険をしない人にもわかりやすいと思う。

冒険においては最初から最後まで自力で行うのが理想だ。行動中に発生する困難や危機的状況に自分の判断で対処し、乗りこえる。自分の力で行動を統御し、命を管理して目的を遂行することで、その行動を可能なかぎり自分の色で染めあげる。自力こそ冒険が真の冒険になりうる唯一の道だ。ところが衛星電話があれば好きなときに外部とつながることが可能となり、たとえば怪我をしたり、白熊に襲われて装備が破壊されたりした場合に、簡単に救助を呼ぶことができるわけだから、その冒険を冒険たらしめているこの土台が崩れさってしまう。つまり万が一のときに救助を要請できる以上、最初から他人の力をあてにしているといえる。

私も近年はそのときどきの都合にあわせて衛星電話を持ったり持たなかったりするので、あまり大きな声ではいえないのだが、基本的に衛星電話が冒険の自力性を侵害するのはまちがいない。冒険を冒険的でなくするのだから、冒険的観点から考えると衛星電話を持つことは非倫理的であり、罪悪だ、ということになる。少なくとも作品としての冒険の完成度を著しくそこねる、ということはいえる。理屈としては単純明快である。

これにたいしてGPSの罪悪はやや複雑で、わかりにくい。

たしかにGPSにも冒険の自力性を侵害する要素はある。登山でも極地探検でも地図を見て現在位置をたしかめることは、その行為を成立させるための重要な根本だ。冒険というものは多くは空間の移動であり、現在地がわからなければ、これからどうするか、どこにむかうかという今後の見通しを決定することができず、ひいては行為そのものが成り立たなくなる。そのことだけを考えても現在地を決定することは冒険行為の本質的な作業であり、それを自分の力で成し遂げることは、冒険を自力的に成り立たせるための重要な条件だ、といえる。それがGPSを使うと、その本質的な作業を機械まかせにすることになるのだから、それだけ冒険の自力性の決定的な部分が侵されることになる。

なるほど、このことにまちがいはない。GPSは衛星電話同様、冒険から自力性をうばうのだから冒険的に考えて罪な存在である。

しかし私がフランクリン隊の旅で感じたGPSへの違和感は、これとは別のものだった。何かこう、自分が本来なら接続されていなければならない確固とした実体から切りはなされてしまったかのような、ふわふわと浮遊している感覚があったのである。

たしかにおれは今、北極を歩いている。しかしどこか北極を北極たらしめる本質的な何かと切断され、あたかも表層を上滑りしているような虚しさがある。おれは北極にいるのに北極にいない。北極そのものと調和している感覚がうしなわれてしまっている——。旅のあいだ、終始このような遊離感というか、霊魂離脱みたいな奇妙なエクトプラズム感を払拭できなかった。

この旅から帰国した後、私は『アグルーカの行方』（集英社）という作品を著《あらわ》し、そのなかでこのGPSにたいして感じた違和感を説明しようと試みた。読みかえすとこんなことが書いてある。

〈人工衛星からデータを受信するGPSはそうした自然状況に左右されない。自然とは無関係に、つまり自分は今極地にいるのに、その「極地性」と関係のないところで、素早く、下手をすると右手で夕飯の準備でもしながら左手で現在位置を測定することができるのだ。〉〈GPSに間違いはない。私たちがどこに向かおうと、GPSは自分たちの能力とか努力とか現在の気象状況などおかまいなしに、正しい位置を教えてくれる。〉

十年前の私としては言葉をつくしてこの違和感を伝えようと努力したつもりだが、しかし今の私から見ると核心的な部分がとらえきれていなかったといわざるをえない。

今の私は、なぜGPSを使用すると対象からの遊離感をおぼえるのか、その原因をはっきり理解できる。それは関与する機会をうばわれるためである。テクノロジーを使うと対象との身体的な関わりがうしなわれ、世界から切断され、ある種の喪失感が生み出されるのである。

2

GPSはおのれと対象とを切断する。

北極探検ではわかりにくいだろうから、もっと身近な例で考えてみよう。このことについて私がよくもち出すのはカーナビゲーションの例だ。カーナビを使うと道順をおぼえることができない。誰にでも経験のあることだと思うが、なぜカーナビを使うと道順をおぼえられなくなるのだろうか。

カーナビを使うようになる前、私たちは地図を見て、目的地までのルートを決め、その道順をおぼえて、その通りにたどるように集中して運転していた。設定した道順通りにたどるには、途中で目印となるランドマークを見つけなければならない。代表的なランドマークとして交差点や道路の名前、目立つ建物、スーパーマーケット、コンビニ、川にかかる橋等々が考えられる。

たとえば私は今も自家用車にカーナビをつけていないのだが、そのカーナビ無しの私が鎌倉の自宅から大船市内のホームセンターに出かけるときは、まず自宅前の坂道をくだって江ノ電極楽寺駅までたどり、長谷寺《はせでら》前の道を大仏方面にのぼり、〈手広《てびろ》〉という交差点を右折して……という道順をたどる。その際、とても当たり前の話なのだが、私は今あげたようなランドマークを確認しながら現在位置を把握している。鎌倉に引っ越して一年、今でこそ道を記憶しているが、越したばかりで周辺の地理に不案内なときは、外出のたびに道路地図を見て道順を暗記し、自信がないときは車を停めてまた地図を確認していた。地図を見てランドマークになりそうな交差点の名前やコンビニの位置を頭にたたきこみ、それが出てくると、嗚呼《ああ》おれは今、正しい道にいるようだ、とひとかたならぬ心の平安をえて、さらに目的地にむかって前進する、とこのようなことをひたすら大船までくりかえすわけである。

この一連の作業の過程で私と外界とのあいだで生じているのが、まさに関わりであり、そこから開闢する世界そのものだ。

読図《どくず》による世界開闢。と書くと、こりゃまた大きく出ましたな、先生。と思われるにちがいないから、大船までの踏破の案件をさらに厳密に検証しよう。

引っ越してすぐのとき、私は道が全然わからなかった。だから車を走らせる前に地図を見て、役に立ちそうなランドマークに目星をつけてからアクセルを踏んだ。

走行中、人間、自転車等を跳ね飛ばさないように注意しながら、しばしば視線をあちこちに分散させ、私は地図で目星をつけたランドマークが出てこないか意識を集中する。ランドマークを探すとき、私の意識は完全に外の世界にむいている。意識が外にむいているので、外の世界のほうも私の意識にたいして反応する。これはもちろん現実に物理的反応がかえってくるという意味ではない。〈手広〉という交差点を探していて実際にそれが出てきたとき、手広の交差点の標識がぱっくり口を開けて「やあ、私が手広の交差点です、どうぞよろしく」などというわけではない。当たり前である。反応するというのは、私の主観的意識のなかで反応をしめすという意味だ。手広の交差点を探し、意識がそれにむかうことで、手広の交差点は無機的なアスファルトの塊という物理的形態を超越し、私にとって、ある種の生きた有機的実体となる。外にむかった私の意識と、それをうけた手広の交差点がその刹那、関わり、交錯し、核融合反応をしめすことで、交差点は意味化され、周囲の事物とはまたちがった存在物として結晶し、結果ランドマーク化がはたされる。

このように地図を見ながら運転することで、私はホームセンターに行くまでに様々な事物をランドマーク化する。何度もかようことで次第に数多くのランドマークが周囲に配置されてゆき、私の意味的世界は広がってゆく。さらにホームセンター以外の目的地への道でも同じ作業をくりかえすことで、また別の道が世界化される。知っている道が一本ではなく何本も延び、それらが交差し、つながり、絡みあい、鎌倉、大船、藤沢あたりの土地の広がりを面的に把握できるようになってゆく。

そして多くの道をおぼえて、無数のランドマークと私自身が結節されることで、私はこの世界のなかにがっちり組みこまれて、この鎌倉、大船、藤沢エリアという土地の広がりと一体化しているとの感覚をもつにいたる。

ところが、カーナビを使ってしまうと、この自分と外界との相互作用のプロセスが完全に欠落する。

悪いことにカーナビという機械は、私が何の作業をしなくても答えを全部おしえてくれてしまう。だから、そんな必要もないので私の意識は外の事物にむかわないし、意識がむかわないので外界のほうもランドマークとしての反応を示さない。私という人間の実存のなかで手広の交差点は意味をなさず、アスファルトの塊として、あるいは〈手広〉と書かれた金属の標識として、ぱっくりと口を開けてはくれず、ただ無残に、干からびた存在としてそこにあるだけだ。風景は生きた有機的実体としての機能を果たさず、無意味な、私とは無関係な、私に食いこんでくることのない、死んだ事物が散らばるだけの荒涼とした広がりと化す。カーナビのあるなしで様相は一変、私とつながっていた世界は消滅し、私は道から浮遊した存在となってしまう。

カーナビを使うと道をおぼえないのは、これが原因だろう。私をつつみこんでいた世界は消滅し、風景は私の目の前を虚しく通りすぎるだけ、その土地を走っているのに、その土地にいないも同然の状態となるのである。

以前、カーナビに頼りきったせいで世界が完全に欠落してしまった極端な人を見かけたことがある。妻と二人で南アルプスに登山に出かけた、その帰りのことだ。日本第二の高峰・北岳登山を終え、私と妻は夜叉神《やしゃじん》峠の停留所からバスに乗った。夏の登山シーズンだったのでバスは多くの登山客でごった返していたが、そのうちの一人、一番前の席に座っていた男が乗務員のおばさんと何やら深刻な顔つきで話し出した。

「道の途中で××岳が見えるところに車を停めたのですが……」

「××岳が見えるところなんて、この道にはないはずよ」

「おかしいなぁ」

話を聞くうちに事情がのみこめた。どうやらこの人、道の途中の駐車場に車を停めて山に登ったのだが、どこに停めたのかわからなくなってしまったらしい。しかしそれだけなら、よくある話のようにも思える。この道沿いには駐車場がたくさんあり、夜中に車を停めたので暗くてよくわからなかった、ということは十分に考えられるからだ。もちろん、乗務員も運転手も彼がどこに車を停めたのかなんて知る由もなく、困惑した顔で聞いているばかりだ。だが彼の様子を見ているうち、話がそれほど単純でないことがわかってきた。

「あなたどこの山に登っていたの？」

「鳳凰《ほうおう》山です」

「どこのインターで下りたの？」

「……」

「じゃあどこの高速から来たの？」

「……」

おばさんの質問に男は何も答えられなかった。駐車場所はおろか、自分がどの高速道路を使い、どのインターで下り、どの道をたどってきたのか何もおぼえていないようなのである。

理由はあきらかだった。カーナビだ。

憶測するに彼は深夜の暗いうちに家を出た。車に乗りカーナビを作動させ、目的地を設定した。夜叉神峠とでも入れたのだろう。そして自宅から一番近いインターで高速に乗り、しばらく走り、目的地に近いインターで下りた。その間、ひたすらカーナビの指示どおりに進み、みずからの存在を消していた。だから、すべての風景は彼の目の前を通りすぎるだけ、彼の記憶には何の痕跡ものこさず、このとき目的地である山以外、彼の関心を引く事物はこの世のなかに存在しなかった。そして目的地が近づき、ちょうどいいところに駐車場があったのでそこに車を停めた。空は白みはじめ、徐々に明るくなり、目の前に唯一の関心の対象である山が見え、その山を××岳だと判断した。しかし××岳以外、彼は何もおぼえていない。おぼえていないというか、そもそも見ていなかったのである。カーナビにより山以外の風景のすべてが彼にとっては無意味なものと化したせいで、彼は周囲の外界と自分とをつなぐ結節点をもたないまま、一種の浮遊的霊魂となりふわふわと世界から遊離して駐車場まで来てしまったのだ。

乗務員のおばさんもすぐに彼の著しく陥没した実存状況を察したらしく、最近、多いのよ、カーナビで場所がわからなくなる人が、などと困惑気味につぶやいている。しかし、だからといって見捨てるわけにはいかない。やがておばさんは彼女なりの結論を出し、彼にむけて厳しい宣告をくだした。

「××岳が見えたってことは、あなた、この道じゃなくて韮崎《にらさき》から御座石《ございし》鉱泉に行く途中で車を停めたんじゃない。このバスは甲府に行くから道がちがうわよ」

おばさんの容赦のない結論を聞き、私はそんなバカなと耳を疑った。それが事実なら彼は高速やインターどころか、登山口すらおぼえていないことになる。さすがにそれはちょっと考えにくい……と呆れていると、男が「あ、あった」と声をあげた。車はこのバスの路線沿いであっさりと見つかり、男は嬉々と下車して立ち去った。

結果的に乗務員のおばさんはまちがっていたことになるわけだが、しかし、彼がカーナビまかせになっていたせいで登山口までの移動経路をほとんどおぼえていなかった事実に、おそらく誤りはあるまい。この男性登山者の例はおそらく稀有なケースだと思うが、ただ私がこのとき感じたのは、彼と私たちとのあいだにははたして何か本質的な差というものはあるのだろうか、という疑問だった。

私は彼の様子を見て「そこまでかよ……」と唖然としたし、おそらくそのバスに乗りあわせた者全員も言葉をうしなったはずだ。だが程度の差こそあれ、カーナビを使っているときに、私たちも彼と同じ世界喪失を経験していることにまちがいはない。

目的地に到達することだけを優先し、到達するまでのプロセスは無意味であると切りすてたとき、人は自分では気づかない重要な何かをうしなっている。便利であるということは、言いかえれば、目的を達成するまでの労力を省くということである。この省かれた労力とは、要するに時間と空間に自分自身が関わるプロセスそのものである。

たしかに便利になればなるほど達成できる物事は増えていく。電話が発明され手紙を書く労力は省かれ、電子メールが登場すると電話をかけるプロセスも省略された。今ではメールだけでなくＳＮＳやＬＩＮＥで好きな相手と常時つながっていられるようになり、いちいち電話をかけていた時代に比べ、何十倍もの人と効率よく連絡をとれるようになった。通信できる人間の数という観点から見ると達成度が飛躍的に高まったことに議論の余地はない。手間もかからず楽になって素晴らしいことこのうえ無し、のように思える。しかしそれは、達成度という数量化可能な点に見方をかぎっただけの話だ、ともいえる。

手軽に多くの人に連絡をとれるようになったかわりに、電話をかけるという行為のなかにたしかに存在した、相手のことを考え、気遣い、配慮するという志向性はうすくなった。電話をかけるときは相手の生の声をきき、生の感情にぶつかって用件をつたえないといけない。生の感情はときに不快で、煩わしさをおぼえるが、それによってはじめて相手がどんな人間かがわかるという、相互理解の道も開ける。だが、メールやＳＮＳで効率よく大量に人と連絡を取りあうようになると、こうした時間とプロセスは省略されるので、電話のときとはちがって相手がどんな人間なのかさっぱりわからない。相手がどんな人間かよくわからないまま業務上の連絡をとりあうという状況は、その土地を走っているのにその土地にいないも同然という、カーナビにおける世界からの遊離現象とどこか似ていないだろうか？

3

さて、北極のことに話をもどそう。

フランクリン隊の旅ではじめて北極に行ったとき、なぜ私は北極にいるのに、その北極から遊離しているかのごときエクトプラズム感をもったのか。北極の表層を上滑りしているような虚無をおぼえたのか。もはやその理由はあきらかであろう。ＧＰＳを使用することによって北極と本質的な関わりをもつことができていなかったからだ。私はフランクリン隊の見た北極を知るために北極に来たが、その洞察の対象である北極とのあいだにＧＰＳという名のテクノロジーが介在したせいで、志向性はうしなわれ、関わりが遮断され、結果、私は世界疎外においこまれていたのだ。

では、ＧＰＳ無しで北極を歩けば、どのような関与感覚をもつことができるのか。フランクリン隊の旅でＧＰＳに強烈な違和感をおぼえた私は、それ以降五回の北極行ではいずれもこのテクノロジー無しで長距離徒歩旅行を実践している。その経験から、ＧＰＳ無しで旅したときの北極との関わりのあり方を言葉におきかえてみよう。

カーナビ無しの大船ドライブ同様、ＧＰＳが無い場合、ナビゲーションは地図をもとにおこなうことになる。ただし、大船方面よりは北極のほうがやや条件が悪い。というのも、カナダにしろグリーンランドにしろ北極圏は地形が茫漠《ぼうばく》としており、鎌倉から大船までの公道や、日本の山岳地帯とちがって道路標識や明瞭な尾根や谷があるわけではなく、ゆえに読図が困難となるからである。

それでもほかに方法がないので私はその曖昧模糊《あいまいもこ》とした環境のなかに、何とかランドマークとなる地形を見つけようとする。たとえば氷床のような何の地形的特徴のない広漠としただだっ広い雪氷空間においても、私は目を凝らしつづけて、どこかに微妙な上り下りがないか識別しようとする。氷床の先にある陸地の山影が見えるときは、それがランドマークになるし、さらに遠くの海のむこうにうすぼんやりと視認できる大地があれば、それも目印となることもある。海岸に出たら海岸の向きや岬、沖に浮かぶ島が有効な指標になる。

北極で私が使うのは二十五万分の一か、五十万分の一の地図で、地形が茫漠としているだけでなく、地図の縮尺も小さいので、地形を読みとるのは余計に難しくなる。しかし現在位置を決定できないことは命に関わることなので、その努力を放棄するわけにはいかない。なぜなら現在位置が曖昧なまま進んでいくと、予定していたルートから外れてしまい、そのまま迷って村にもどれなくなる可能性が出てくるからだ。迷い死にしたくないので、私はつねに必死で目を凝らし、コンパスや太陽の向きから角度を読みとり、自分がどこにいるのかたしかめようとする。その際、重要なのは、必死に位置をたしかめようとする動作にともなう、この志向性だ。位置を知りたい私はくりかえし周囲の地形に目を配り、ランドマークを読みとろうとして意識を外側にかたむける。このとき私の意識は私の本体を飛びだし、外の環境にむかって飛び立とうとしている。この私の志向性に外の環境も反応する。それまで何の変哲もないかのように見えた曖昧で茫漠とした地形のひとつ——たとえば氷床の上にある、きわめて微妙な、場合によっては目の錯覚では、とも思われる、のっぺりとした丘みたいな盛りあがり——が、私の志向的意識に反応し、ランドマークとして機能しうることを私にたいしてあきらかにする。「じつは私はランドマークとしてあなたのお役に立てるんです」などと丘が語ることはないわけだが、しかしまあ、そんな感じでそこにあるようになる。そしてその丘らしき地形のランドマーク的機能に気づいたとき、私はまた地図を見て、あの丘らしき地形はもしやこの等高線の大きな円のある場所なのか？　などとその存在可能性に気づく。このように私が外界を志向し、意識を外側にかたむけることによってはじめて、その、何と呼んでいいのかもわからない丘らしき盛りあがりは、ただの無機質で無意味な〈地形〉から、私にとって有意味な命ある〈目印〉に昇華《しょうか》し、そこでみずからの存在物としての主張をはじめる。と、このように不随意運動みたいに意識しないままおこなっている過程のなかに、私と北極との関わりが決定的なものとしてひそんでいるのである。

しかも、この関わりが意味するものは途方もなく大きい。

今述べたように、現在位置が特定できないと、正しいルートから外れ、目的地にたどり着けないまま死ぬまで迷いつづける可能性がある。あるいは氷河のクレバス帯に入りこみ足元を踏み抜いて墜死することも考えられる。実際、私は以前、歩いて北極を放浪していたとき、いつもならかわしているクレバス帯に迷いこみ、ヒドゥンクレバス（雪で隠れたクレバス）を踏み抜いた。幸運なことにクレバスの幅は一メートルほどで、腰のあたりの雪の摩擦で止まって墜落をまぬがれたが、底無しの闇の上にぶらさがるのは、あまり気持ちのいいものではない。いつもの氷床上のルートからわずか一キロほど外れてしまっただけで、危険地帯に足を踏み入れてしまったわけだ。

現在位置の決定において発生する〈関わること〉の意味は、決して形而上学的観念論にとどまるものではなく、現実に生命の維持に関わっている。位置がわからないと、未来という時間のなかで私の命は不確実なままだ。北極を旅するとしばしば自分は正しい位置にいないのではないか、明日以降変な場所に出て永久に帰れないのではないか、クレバス帯で墜落するのではないか、という微妙な不安につきまとわれるのだが、しかしひとたびランドマークを発見し、現在位置が決定されれば、この不安は一気に解消される。正しいルートが判明し、村まで帰還できることが（その時点では）約束され、それまで不確実で闇に閉ざされていた未来が急にぱっと明るく開け、心が晴れやかになり、すべての苦悩が消えたような解放感に満たされる。

周囲の地形と関わりが生じることによって、自分の命がひとまずこのままつづくことが約束される。その意味でナビゲーションとは自分の命を空間と時間につなぎとめる行為であり、人が移動する存在であることを思えば、この作業過程は生そのものを生みだす始原の儀式だともいえる。

地図を見て北極を歩くという行為は、このような実存的で抜き差しならない外界との関係構築を常時、無意識におこなうことだ。外の地形を把握しようとする志向的作業を通じて、冒険者はつねに外の自然環境と関わりをもつ。ランドマークはひとつだけではない。冒険者は目に入ってくる地形すべてを頭のなかに叩きこみ、それをもとに位置を読み取ろうとしながら移動しつづける。視界に入る無数の地形的特徴を頭で解析しようとする。

こうして北極とのあいだの関係の網の目に取りこまれることで、冒険者は、自分は今この北極の大地に組みこまれ、一体化している、という生の実感につながる身体感覚をえることとなる。この感覚は、以前は当たり前すぎて、嗚呼おれは今、この大地に組みこまれている、とか、大船・鎌倉方面の目印ネットワークにつつまれてる、なんてことを意識する者はいなかったのだが、近年はテクノロジーが発達しすぎたせいで剝落《はくらく》するケースが増え、逆にそれが貴重なものとして顕在化してきた観もある。

4

人間から関与の機会を奪うのは何もＧＰＳにかぎった話ではない。

テクノロジーの本質が何かというと、それは人間の身体的機能の拡張である。

人類はその昔から、おのれの身体機能を道具に拡張して、アウトソーシングすることで生産性をたかめてきた。今の産業社会では家電製品ひとつとっても高度に分業化したプロセスをへて完成するわけだが、こうした分業化がどこではじまったのかというと、個々の人間の肉体の機能を分業化する、というかたちで、その歴史は開始されたのではないかと思われる。

たとえば元来、素手でおこなっていた作業について考えてみると、まず石器を開発したことで、先史人は素手で土を掘るのをやめてこの新しい道具を使いはじめた。次に鉄の鍬《くわ》が登場すると、今度は石器を捨てて、またこの新たな道具で掘削するようになった。そのうち牛馬に犂《すき》を引かせて田を起こすようになり、やがて耕耘機《こううんき》が登場して機械に乗って運転するほうが楽でいいわい、となった。

この例を見てもわかるように、耕耘機は素手で土を掘り起こすという点において、身体機能を拡張したテクノロジーである。同じように車輪というものは足の機能を拡張したものだし、カヌーなどは水中を泳ぐ機能を拡張したものだ。文字は話し言葉や記憶を拡張したもの、地図は空間認識能力を外部に拡張したものである。

このように人間は有史以前より、無数のテクノロジーを開発し、それを用いることで身体機能を拡張させて作業を代替させてきた。もともと個々人の身体で完結していた仕事や作業を、別途、開発したテクノロジーに分業させることで、自分の身体だけでは到底不可能だった高い作業効率を達成して、ひいては社会全体の生産性を格段に上昇させた。だが同時にそこには負の側面もあって、テクノロジーが人間と対象とのあいだに入りこんでしまうせいで、身体ひとつで作業していたときには実現していた対象との直接的な対話がうばわれることにもつながった。

先ほどの土掘りのケースであれば、石器を開発し、鉄の鍬を作り出し、耕耘機を発明したことで、人間は手の痛みを感じないですむようになり、素手時代より何千倍、何万倍もの作業効率を達成し、皆豊かになったわけだが、逆に素手で土を掘り起こしていたときに知覚できていた土の固さとか虫の種類とか地質の種類だとか礫《れき》の種類とかはわからなくなった。もちろんそんなことは知りたくないと誰もが思うだろうし、私もそう思う。だからこの例はちょっと失敗だったかもしれないが、とにかく、結果として人は土とは何かという洞察をうしない、人間と土との関係はテクノロジーを開発するごとに貧しくなったことに疑いはなく、そのことは掘削以外のあらゆる作業行為についてあてはまるはずなのである。

要するにテクノロジーは〈結果〉をもたらすものなので社会生産性は高めるのだが、〈過程〉ははぶくため個人の知覚、能力、世界は貧相にするという、そういう構造的な欠陥をもっている。私がテクノロジーにたいする警戒感を払拭できないのは、そのためである。私の個人的生という点から考えると、社会の生産性などどうでもよいことのように思える。重要なのは自分が何を知ることができるか、いかにして自分の世界を深く、豊かにできるか、なので、最終的には社会的生産性に集約されるテクノロジーの使用に、個人的にはメリットをあまり感じない。

人間の身体はひとつの巨大な知覚受容体であり、身体で対象と接触することで対象にたいしての理解は深まり、それが関与や関係に発展する。だが、テクノロジーは人のこの知覚受容体としての機能を奪いとってゆく。近年、情報通信技術を筆頭とする先端技術の急速な発達にともない、人間の能力は一年ごとに劣化し、それこそ指数関数的に私たちを取りまく世界は底が抜けたように空虚になっていっているわけだが、その大きな原因のひとつに、何かと触れあう機会が急速にうしなわれていることが、まちがいなくあるだろう。SNSの隆盛で人間関係は手軽で替えのきくものとなり、人工授精技術の発達で肉体的に交接しなくても生殖することが可能となった。はっきり言って現代社会は何もしなくても生きていくことのできる社会に急速に移行しつつある。しかし何も行為せず、自分以外の何ものかと関わる機会をうしなえば、変化と発見がもたらす生のダイナミズムを経験することもできなくなり、人生は死ぬまで時間を引きのばしたおそるべき虚無の闇と化すほかない。

米国の著述家ニコラス・G・カー『オートメーション・バカ　先端技術がわたしたちにしていること』（篠儀直子訳・青土社）には、現代の先端テクノロジーによって人間の能力が劣化し、対象と関与する機会がいかにうしなわれているかが豊富な実例とともに詳述されているが、なかでも特に興味深いのがカーが〈脱生成効果〉と呼ぶ現象だ。

脱生成効果とは、〈生成効果〉が〈脱〉していることなので、要するに生成効果がなくなった状態のことをいう。では生成効果とは何かというと、何かを理解しようと思えば、労力を費やしたほうが結果的に成果があがる現象のこと、もっと簡単にいえば苦労したほうが理解は深まるという、いってみれば当たり前のことである。この現象を説明するためにカーはいくつかの心理学の実験結果を紹介しているが、そのなかで初期の有名な実験として次のようなものがあるらしい。

被験者は〈ＨＯＴ〉と〈ＣＯＬＤ〉などの対義語をおぼえなければならない。その際、被験者の一方には〈ＨＯＴ：ＣＯＬＤ〉のように語が二つとも完全に書かれたカードを配り、もう一方には〈ＨＯＴ：Ｃ〉と二つ目の単語が頭文字しか書かれていないカードを配る。そののち、どちらの被験者のほうが対義語のペアをおぼえていたかを調べる。

普通に考えたら完全に対義語が書かれた前者のほうが成績が良さそうなものだが、実際には文字の欠けているカードを配られた後者の被験者のほうが成績は良くなるという。

この実験がしめすのは〈空白を埋めようとしたことが、つまり見るだけでなく行動をしたことが、情報のより強力な定着につながった〉こと、つまり労力をかけて積極的に対象に働きかけたほうが、人間は能力の深い部分を発揮するということである。そして〈それはほとんど驚きではない〉とカーは指摘する。〈何かに関して上達するには、実際にそれをやってみるほかないと、われわれのほとんどは知っている。もっと言えば、コンピュータ・スクリーンからであれ本からであれ、情報をさっさと集めるのは簡単だ。だが真の知識を、とりわけ記憶に深く根ざし、スキルのなかに表われる類の知識を得るのは難しい。骨の折れるタスクに、長期にわたって精力的に取り組む必要があるのだ。〉

先端テクノロジーは、人間が物事を知るために必要としていたこの労力を肩代わりし、その結果、この生成効果による深い理解を人間からうばってしまう。これが脱生成効果であるわけだが、この脱生成効果も生成効果と同じように、現代人にとってはほとんど驚きではないだろう。

さしあたり思い当たるのは記憶の劣化だ。文字が一般的ではなかった古代ギリシア時代、吟遊詩人たちは『イリアス』や『オデュッセイア』のような大叙事詩を一言一句誤ることなく歌いあげることができたといわれているし、ソクラテスが著作物をのこさなかったのも、文字に置きかえることでおのれの思考が記憶の外に流出することを嫌ったからだともいう。

だが今はどうだろう。検索エンジンが発達したことで、私たちは何か情報を欲した瞬間にネットに依存するようになった。検索にかければ欲しい情報はたいがい手に入るので、物をおぼえる必要などまったくない。情報の入手が困難だった時代は脳に記憶させる必要があったが、今はそんな手間をかけるよりスマホのタッチパネルをいじるほうが手っ取り早い。結果、私たちの脳は情報を内部でエンコードする必要がなくなり、何もおぼえなくなった。昔は知人の電話番号を何十件も記憶していたのに、携帯電話の電話帳に依存するようになってから妻の電話番号すら思い出せないという体《てい》たらくだ。これはちょっと悲しいことのように思える。

馬鹿化、といってしまえば身も蓋もないが、とにかくこうした一人一人の知能の劣化は年々いっそう進行しており、今や『イリアス』を記憶することなど理解のおよばない偉業となった。さらにさかのぼって個々人の知恵と創意工夫で厳しい自然環境のなかを生きぬいた後期旧石器時代人がおこなっていた知的活動など、もはや現代人の思考能力の限界を超えており、完全に想像を絶する世界である。なにしろ一万七千年前にラスコー洞窟壁画を描いたクロマニョン人は現代人よりテニスボール一個分ほど脳容量が大きかったともいわれており、もしかしたら現代人には完全にうしなわれた認知機能や創造力をもっていたのかもしれないのである。たぶん人類はもう永遠にラスコー洞窟壁画の真の意図を読み解けないのではないだろうか。

現代人は行動・経験することで自分以外の何ものかと積極的に関わりをもつ者から、テクノロジーに作業を代替させることで、一人一人は、おのれの行為にすら関わることができない存在に身を落としつつある。生成効果をうしなわせるこのテクノロジーの働きを、カーは〈私たちを、行為者から観察者へ変える〉と鋭く指摘している。

〈能力を生み出す種類の努力――困難なタスクと明白なゴール、直接的フィードバックに特徴づけられる――は、フロー感覚を与えてくれる努力と非常に似ている。それは没入的な経験だ。その特徴はまた、受動的に情報を取り入れるのではなく、能動的に知識を生成するよう強いる種類の作業にも通じる。スキルを磨く、理解を拡張する、個人的な満足と実現を達成するという点がみな一致する。そしてどれもみな、個人と世界との、身体的かつ精神的な、緊密なつながりを要求する。アメリカの哲学者、ロバート・タリスの言葉を引用すれば、どれもみな「世界に触れて手を汚し、何らかのかたちで世界から蹴り返される」ことを必要とするのだ。〉

ここでカーが引いている最後のタリスの言葉は深長だ。世界に直接手を突っこめば、世界からの反応が得られる。逆に言えば世界に手を突っこまないかぎり、世界からの手応えは得られない。

インターネットをはじめとする情報通信技術や、ＡＩに代表される知的情報処理システム、あるいはナノテクノロジーなど近年の先端テクノロジーの発達は、従来型のテクノロジーとちがって決定的な一線を踏みこえたように思える。というのも、耕耘機やカヌーや自動車に象徴される前世紀までの機械や作業ロボットは、おもに土を掘りおこす、泳ぐ、走るといった人間の肉体運動機能を拡張したものだったが、今世紀に入ってからの先端技術は知覚や認知に関わる脳の機能の代替におよんでいるからである。

記憶だけではなくて、現代人は行動判断や嗜好や好みの領域、はては道徳的選択までも機械にゆだねようとしている。一般人の生活環境では、まだ、記憶を外部メディアにアーカイブし、何を食べたいか、どんな本を読みたいかをグーグルやアマゾンに教えてもらい、待ちあわせ場所に行くのにスマホのＧＰＳ機能を使う程度ですんでいるが、どうせそのうち自動運転車に移動をまかせることになるだろうし、ミクロサイズの分子機械を体内に埋めこんで、病気の有無から感情や気分の状態にいたるまで自分の身体にまつわるあらゆることを機械に教えてもらうことになるだろう。近い将来、人間は外の世界にたいする行為者であることをやめるばかりか、自分の身体にたいしてもただの観察者に成りさがる。現況をみるかぎり、これは確実なことのように思える。

テクノロジー依存をつきつめれば、人間は外の世界に関わることなどできなくなるし、内なる世界にたいしてさえも主体的に知覚し、認知することをしなくなる。何かに意識がむくことがなくなり、あらゆる志向性を喪失し、ただ情報を受動的に受けとるだけの存在となる。意志や思考を喪失した、ただ息をするだけの生き物だ。自分で行為せず、物を考えず、自分以外の何ものとも関わりをもたなくなったとき、人はどこで生きていることを実感できるのだろう。行為することの時間とプロセスをすべて省略して、あらゆる関与から締め出され、ただ息をするだけの存在となったとき、人間は何をもって人間ということができるのだろう。

第二章　知るとは何か——関わること　その二

1

テクノロジーは便利である。使えば作業が効率的になり、目的も達成しやすいし、生産性も上がるため、人間はそれを使わずにいられない。その一方でテクノロジーを使えば、おのれの身体と対象とのあいだにひとつ余計な層が入りこみ、対象と直接関わることができなくなる。ただ、この世界喪失は、数値化されて目に見えるデータであがってくるわけではないし、あ、おれは今、世界をひとつ喪失した、とはたと気づくような類いのものでもなく、ゆえに普段は人々の認知の対象にのぼることがない。自覚のないまま進行するので、気づいたときにはもう手遅れとなり、しかも皆が皆、歩調をあわせて手遅れになるので、何となくまあ仕方がない、自分一人じゃないのでどうでもいいや、と思える。それに、仮に途中で気づいたとしても、世界などという地味なものの喪失より、生産性の向上のほうが生活や収入に直結し、有用だと思われるので、この問題はどうでもよいと放置され、結果さらに加速するということになるわけだ。この傾向を突きつめると、最終的に人間は何も行為せず、何も思考せず、極端なことをいえば、ただ情報を受けとるだけの無意味な肉の塊にすぎなくなる。行きつく先は家畜にもひとしい生であるが、これも未来の話ということで片づけられて先送りされる。

さて、この関与の喪失についてさらに突っこんで考えてみるため、議論の角度をやや変えてみたい。それは、知るとはどういうことなのか、という視点である。

何かと関わるということは、とりもなおさずその何かを深く知ることである。これは言い方をかえれば、何かを深く知るためには、その何かと深く関わらなければならないということでもあり、このように言えば前章で紹介した生成効果とほとんど変わらない、ともいえる。

知ることは関わること、あるいは生成効果。どちらにしても、そんなものは当たり前だと思われるにちがいない。だが、その当たり前が当たり前でなくなりつつあるのが今の世の中である。そして、なぜ私がこんな当たり前のことをいうのかといえば、この、知ることの本質について私は非常に関心があるからである。

私は小説すなわち虚構の物語は書かない。書くのは基本、探検もののノンフィクションかこうしたエッセイの類いで、その私が書くノンフィクションというジャンルは、要するに事実を提示したり報告したりして物語をえがく文章表現なわけである。したがってノンフィクションを書くには事実とは何かを考えねばならず、畢竟、事実とは何かを考えるためには、関わることと知ることの考察が不可欠、ということになる。

知るとは何か、事実とは何なのか。それと関わることが、いったいどのような関係にあるのか。

たとえば北極を知るとは、どういうことなのだろうか。

あらためて北極探検におけるＧＰＳ使用についてふりかえれば、ＧＰＳというのは非常に便利な機械で、ボタンをポチッと押せば、自分が今、地球のどこにいるのかが座標上の緯度、経度という数値データとして表示されることになっている。押せばいいだけなので、その日の行動が終わってテントのなかでコーヒーでも飲みつつ、まったりしながら「今日はどこまで進んだかな〜」などと鼻歌交じりで作動させることができる。外が暴風雪でも関係ない。風速二十メートルの嵐が吹き荒れ、視界が五メートルしかなくても、ＧＰＳさえあれば、ぼりぼりとポテトチップスでも食べながら正確な位置がピンポイントでわかる。もちろん現在位置だけではなく、目的地の座標データを入力すれば方角や距離なども即座に表示されるし、これを移動中に使用するとカーナビみたいに導いてもらったり、危険地帯を迂回したり、といったことも可能となる。とても便利かつ、安全である。目的地に合理的に、効率よく到着することだけを考えたら、こんな便利なものを使わない手はなく、使わない奴はただの馬鹿、ということになる。

しかし、この到達至上主義にもとづく便利さと安全性の追求の裏では、非常に重要な、もしかしたら単に到達することより大事かもしれない何かが切りすてられている。それがここまで述べたとおり、北極との関わりであり、それによりもたらされる知見や洞察である。要するにＧＰＳを使うと北極の北極たる所以《ゆえん》が見えなくなる、というのが私の考えである。

ではＧＰＳがなかった時代はどうだったか、何が見えていたのか、というと、たとえばＧＰＳ以前の航法技術の代表格に天測《てんそく》というものがあった（今もあるのだが）。

天測とは簡単にいえば、太陽や恒星を特別な器具で観測して、星の位置を知ることで自分自身の現在位置を決定する技術のことだ。海というものは陸上とちがって山や谷など目印となる地形的な特徴が存在しない。そのため昔から人類は天空で光り輝く星をたよりに大洋を移動してきた。大航海時代以来、ヨーロッパの航海者たちはアストロラーベやクロススタッフ、四分儀《しぶんぎ》といった道具を改良して、天測の精度をみがき、十八世紀中頃からはより洗練された六分儀《ろくぶんぎ》という器具を駆使して正確なナビゲーションを追い求めてきたのである。

六分儀がどのようなものなのか、その説明は非常に難しく、かつここではあまり本筋と関係ないので詳細ははぶくが、まあ非常に大雑把に説明すれば、望遠鏡のついた大きな金属の分度器みたいなものを想像してもらうといい。望遠鏡で観測したい星をのぞき、そして分度器みたいなところについている調節のつまみを動かすことで、水平線とその星の角度を測ることができる。水平線と星の角度とは、要するにその星の高度のことだ。高度を測れば、その日、その時刻の、その星の天球上の位置がわかり、そして導きだしたこの星の位置情報を計算式にあてはめれば、観測した時刻に自分が地球上のどこにいたのか、その座標位置を得られる、という仕組みである。

天測は航海には必須の技術だった。水産高校の学生は学校で天測技術を習い、太平洋で操業するマグロ漁船の船長は毎日六分儀で星の高度を測り、地球のどこに自分がいるのかを知った。航海だけでなく極地でも以前は天測をもとに探検活動がおこなわれていた。陸地のない北極点に到達するには凍った北極海を移動するしかなく、地図のない時代の南極探検でも正確な位置を求めるには天測しか方法がなかったのだ。したがって十九世紀から二十世紀前半の極地探検全盛の時代の本を読めば、ひっきりなしに天測結果に言及されているし、そんな大昔でなくとも、わりと最近の冒険、たとえば一九七〇年代の植村直己《うえむらなおみ》による北極点到達行などでも極点の決定は天測に拠った。それが無線通信システムによる電子航法の登場で天測の必要性は急速に薄れていき、GPSの登場と普及でほぼ完全にお払い箱となった。今では六分儀で星を見つめるのは事実上、偏屈で変わり者の趣味人だけとなっている。

ではこの天測とGPSによる位置決定だが、両者のあいだにはどのような相違があるのだろうか。

じつは私は、最初の北極行であるフランクリン隊追跡の旅でGPSの弊害を痛感してから、しばらく天測にこだわって旅をした経緯がある。フランクリン隊追跡旅行の次に北極をおとずれたのは二〇一二年から一三年にかけての真冬のカナダ行で、このときは太陽の昇らない極夜の暗い時期に、木星や、カペラ、ベガといった一等星を天測しながら一カ月ほど移動をつづけた。

極夜は太陽の昇らない特殊環境なので、航海で使用するような通常の六分儀では正確な天測はほとんど不可能である。ややくわしく説明すると、六分儀で測るのは水平線と天体の角度なので、六分儀を使うには、まず水平線が見えることが前提となる。ところが私が旅したのは暗黒の極夜環境下だったので、当然のことながら暗くて水平線がまったく見えなかった。また陸上を歩くときも自分の立っている、その陸地の標高が障害となり、正確な星の高度を測定できない。要するに六分儀というのは基本的に明るい海のうえでないと使えない道具なのである。それゆえ私は水平がわかる測量用の小型望遠鏡や竹竿を用いて水平線を出すという余計な作業もしなくてはならず、とんでもない苦労をしながら現在地をもとめる羽目となったのだった。

こうした経験から私がいえることは、極夜で天測するのは非常に難しいという、阿呆《あほ》らしいほど素朴な事実である。

闇が支配する冬の北極で星を測って現在地を出す。このシンプルな作業をつうじて、いったい北極にたいするどのような洞察がもたらされるというのだろう。

まずいえるのは、北極での天測が難しいのは作業が天候に左右されるからだ、ということである。視界が悪くて星が見えないときは観測できないし、なにせ氷点下三十度から四十度の極限低温環境下なので当然ブリザードの日も観測不能である。というよりブリザードまでいかなくても、風速五メートルほどの風が吹いただけで手足がかじかみ、状況としてはかなり厳しい。作業には慎重さと丁寧さがもとめられるため、条件が悪いとそれがすぐに結果に反映して誤差につながるからだ。つまり極夜での天測は晴れていて風のない日でなければ難しく、それを考えると天測に好適な日は滅多にない。

さらに細かいことをいえば、観測中に口から出てくる吐息、これが非常に厄介だ。六分儀についた望遠鏡や天体の光を反射するための鏡に吐息が凍りつき、曇らせるのである。観測中、なんだか星が見えなくなってきたなぁと思ったら、鏡が曇っていた、ということがほとんど毎回起こる。曇るとその霜を取りのぞかなければならず、除去作業中も天体は動くので、観測ははじめからやり直しとなる。星というものはかなりの速度で動いているので、そうこうしているうちに指先が冷たくなってきて耐えがたいものとなり、嗚呼もうやめだ、テントにもどらないと凍傷になる、との結末となる。

だが、ＧＰＳとの決定的なちがいは、こうした寒さや暗さゆえの苦労にではなく、もっと別のところにある。それは何かというと天測では絶対的に誤差がさけられないことである。

天測には大なり小なりかならず誤差が伴う。天測で導き出された結果が、完璧に、一分の狂いもなく、実際に自分が今いる地球上の座標位置と合致する、ということはありえない。最初に極夜のカナダで天測したときはうまくいかなかったので、翌年グリーンランドに活動地をうつしてからは航海器具を製作しているメーカーに相談し、極夜の暗黒環境下でも観測できる特殊な気泡管装置をとりつけてもらった。この改良型特殊六分儀を駆使し、私は暗黒の極地で何百回と天測を重ねたが、どんなに訓練しても平均五〜十キロの誤差はかならず出た。二、三キロの範囲に収まることもあるが、ひどいときは二十キロも狂ってしまう（通常の海での天測では誤差一、二キロといわれる）。そして、ここで見逃せないのは、実際に旅をしているときは、この誤差がどのくらい出ているのかは絶対に知りようがないということである。

天測して位置を出す。その結果を地図上に落とす。しかしこの地図上の位置は、おおむね合っていることもあれば、五キロ以上ズレている可能性もある。だから現実的なやり方としては前日のキャンプ地から進行した方向や距離を計算し、それを加味したうえで天測結果の誤差を予測するわけだが、しかし、もしかしたらその基準となる前日のキャンプ地の位置だってズレているかもしれない。

つまり天測したところで、その結果が正しいのかどうか、それは最終的に知りようがないのである。その意味で、海や極地で自分がどこにいるのかを完璧に知ることは本来、神のみにゆるされる領域だった、と言えるかもしれない。そのため天測を前提にした極地探検では、結果が正しいのかどうかわからず、つねにある精神状態のもとにおかれることとなる。

その精神状態とは不安だ。私は、この不安という精神状態のなかにこそ、北極という自然環境の本質がうつし出されていると思う。

この不安の様相を知るために、歴史上の有名な探検家のケースを引っぱってくることにしよう。ノルウェーの探検家フリッチョフ・ナンセンである。

ナンセンは一八九三年に丸底の帆船フラム号で北極海漂流に挑んだことで人類史にその名を燦然《さんぜん》ときざむ人物である。とにかく彼の探検は無茶苦茶だった。フラム号で二年ほど漂流した後、彼は下船し、凍った海上を犬橇で北上し、北緯八六度一四分という当時の人類最北到達記録を樹立する。そしてそこからもっとも近い陸地であるロシア・フランツヨゼフ諸島にむかい、なんとか上陸した後は石小屋を作って、白熊を撃ち殺し、その肉を食いながら越冬し、一八九六年六月に英国の探検隊と遭遇してようやく人間界に帰還した。

フラム号漂流探検はあきらかに人類史上、もっとも守られていない環境でおこなわれた冒険の筆頭だと思うが、それはさておき、ここで紹介したいのは、ナンセンが北極海を移動中に経験した茫漠としたよるべなき心情である。ナンセンもまた当時の探検家の例にもれず天測で地球上の位置をもとめていたのだが、フランツヨゼフ諸島に到着する前に、彼は自分の見ている風景と天測の結果の整合性がどうしてもとれなくなり、おれは今いったいどこにいるのだ！　と頭を混乱させるのである。

彼の著書『フラム号北極海横断記　北の果て』（太田昌秀訳・ニュートンプレス）にはその混乱ぶりをうかがわせる記述がいくつも見つかる。

一八九五年六月五日

〈昨日経緯儀（引用者註・ナンセンは六分儀ではなく経緯儀という機器で天測していた）で測定した経度を計算してみると、東経六一度一一・五分で、緯度は北緯八二度一七・八分だった。どうして陸地が見えてこないのかまったくわからない。〉

六月十一日

〈もうフリゲリー岬の緯度で、二～三度北まできているはずなのに、どっちを見ても陸影はなく、開水面もない。自分たちがどこにいるのかわからないし、いつになったらこの氷上の旅が終わるのかもわからない。〉

六月十四日

〈私はフラム号を離れてからの観測値を全部再計算し、陸地がまだ見えてこないのは誤差のせいではないかと思って、この謎を解こうと努力した。太陽が少し見えたので観測しようとしたがだめだった。経緯儀を持って小一時間も待ったが、陽は雲に隠れたまま出てこなかった。私は計算に計算を重ね繰り返し考えてみたが、重大な誤りはみつからず、謎は解けなかった。やっぱり私たちは西へ来過ぎてしまったのではないかと本当に心配になりはじめた。〉

このようにナンセンは、天測の結果からみれば陸地に着いているはずなのに陸影が見えないため、ひたすら頭をかかえている。何しろ彼がいたのは地形的手がかりのない北極海であり、そこで自分の居場所がわからないと人間界にもどれないのである。誤差を疑い、計算結果を全部調べるものの、計算ミスは見つからない。となると観測に用いた経緯儀に誤差を発生させる機械的要因があるのか、あるいは観測作業に不手際があるのか、そのどちらかだが、結局原因はわからないまま、留まるわけにもいかず、ふらふらと極北の地をさまよいつづけるのである。結果的に彼はまもなくフランツヨゼフ諸島にたどり着くことになるのだが、上陸してからでさえ自分がいるのがフランツヨゼフ諸島なのか、それとももっと先にあるスヴァールバル諸島なのか判断できなかった。

ナンセンの不安から見えてくるのは、北極のこのような茫漠とした姿である。それは、ただただ氷の塊がどこまでも埋めつくすだけの均一な風景だ。境目や切れ目や輪郭は消え失せ、目の前にあるのと同じものが水平線の彼方までひきのばされただけ、単調で、同質的で、変化の兆しはみられず、昨日や一昨日見たものが、そのまま今日の前で再現しているかのような永劫回帰的な時間のつらなりである。この究極的に手がかりのない状況のなかで、天測はナンセンに誤差という偶然性に帰すほかない難問をそえる。北極のような単調な自然環境では、この誤差は決して解消されない。だから正確にどこにいるのかは絶対にナンセンにはわからない。誤差のなかに避けられないものとしてある、この解消不能性が、ナンセンの不安をフレームアップし、同時にナンセンの不安のなかに表象される北極の茫漠性をもフレームアップする。つまるところ北極とは常時、自分がどこにいるのかわからないという茫漠とした心地に人をおいやる地のことなのである。

天測で旅することによりさらけ出される北極のこのような姿のなかにこそ、じつは北極のきわめて北極的な部分、つまり北極の本質が存在している。天測で得られるのは誤差まじりの位置情報だけではなく、北極とは人間にとってどのような地なのか、という深い知見と洞察でもある。だがGPSを使うと、旅人と北極とのあいだで実現していた、この切実な関わりはぶかれるため、天測で見えていた北極の北極性は絶対に見えてこない。いつでもどこでもテントのなかでポチッとボタンを押すだけなので、不安も茫漠性もあったものではないのだ。

旅を困難にさせるその自然環境特有の厳しさが、テクノロジーが宿命的に人間にもたらすベールにつつまれ、見えなくなる。そこにあるのに無いことになってしまう。こうして人はまた何かを知ることができなくなってゆく。

2

何かを深く知るためには、その対象と親密な関係をもつしかない。対象に深く関与し、自らの手を汚し、痛い目に遭わなければ、物事のあり様を理解することにはつながらない。GPSのボタンをポチッと押したり、グーグルの検索ボックスに文字列をピコピコ打ちこんだところで、それはその何かを本質的に知ることにはつながらない。それは深遠で複雑なその存在そのものを、本質ではなく表面でとらえることであり、結果につながる生産的な情報をえるために利用しているだけ、むしろあいだに余計な層が一枚入りこむため、対象への正確な認識を曇らせる結果となりかねない。

と、こういうわけだが、対象が北極ではなく人間でも同じことがいえるだろう。

冒頭の結婚論でも書いたが、男と女が本当に相手のことを知るには、同棲するなり、結婚するなりして、二十四時間顔を突きあわせて暮らすよりほかない。土地にしろ人間にしろ、対象の本質を認識するには、まずはこちらから対象にむきあい、志向し、関与して、深いところに入りこむ態度と時間が必要となる。

ハイデガー哲学などを読んでも、この志向性と関わりが知ることの本質的な契機として作動していることがよくわかる。

ハイデガーの有名な定義によると、人間とは〈世界＝内＝存在〉である。私たち人間は、何か世界としか呼びようのない時間と空間のもとで暮らしている。人間だけではない。鳥も熊も蝶も花も、みな、この世の生きとし生けるもの、いやいや生きてない机のような無機物でさえ、みな、ほかの人間や生き物や道具やその他もろもろの事物たちとの関係のなかで存在している。こうした関係の網の目を無視して、たとえば熊なら熊、蝶なら蝶と単体で存在者だけをとりだしてみても、それは生きた存在者としてとりだされるわけではなく、本質という概念としてとりだしているにすぎない。生きた存在者としてとりだすには、その蝶が組みこまれている周囲の関係の網の目、これに関わっているほかの存在者すべてを一緒に引きずり出してきて、蝶が生きている環境世界そのものを再現して、そこに蝶をおいてあげないと、その蝶の存在を理解したことにはならない。さらにいえば蝶はその瞬間のみを生きているわけではなく、過去、現在、未来という時間の流れのなかで運動しているわけだから、その時間の流れも再現してそこにおいてあげないといけない。要するに一匹の蝶の周囲には、空間と時間にまたがる四次元の網の目が蜘蛛の巣のようにひろがっており、そのなかに定位してあげなければ蝶の存在にはとどかない。この蝶のまわりにひろがる網の目構造こそ世界とよぶべきものである、とざっと説明すれば、ハイデガーのいう存在の概念とはそういうことになるのかと思う。

世界とはこういうものだから、蝶なら蝶、熊なら熊、角幡なら角幡といった、ある存在者が中心となって、その存在者により意味化、秩序化された周辺環境が世界であるというふうに理解できる。蝶はもうやめて角幡でこれを考えてみれば、私の世界における事物事象は、私の主観のなかで、私を中心に配置されていることになるだろう。

私は今、鎌倉の山ぎわの自宅一階の仕事部屋の机の上でパソコンのキーボードを叩いて原稿を書いているわけだが、この仕事部屋や机やパソコンや本棚などは、単に物理的な部屋や机やパソコンとしてそこにあるわけではない。ハイデガーは物にはそれぞれ〈向き〉があるというのだが、これは、私がその物を使うとき、その物の向きを向きとして正しく認識することで、はじめてその物の性能は発揮される、ということである。机であれば、私がそこで書き物の作業をしたときにはじめて机としての性能が発揮されるわけで、机のうえにしゃがみこんで用を足そうとしたところで、机が便所としての機能を発揮してくれるわけではない。パソコンも同じで、私がキーボードで原稿を書いたり、インターネットで何か調べ物をすることによってパソコンのパソコン性は発揮されるわけで、バケツとしての使用をこころみても、悲しいかな、用をなさないのである。机を机としてあらしめている世界があって、そのあらしめている世界をきちんと気遣って机を机としてとりだして使ってあげないと、便所として使うという、とんでもなく机に失礼なことをしてしまいかねないのだ。

ハイデガーは、人間はこのような世界のなかに身を置いているので、何かを知る、知覚する際の構造も、この人間の実存をつうじて理解できるものだとしている。『存在と時間』のなかでハイデガーは言明という行為をつうじて真理を分析しているが、その思考の過程はどこか妙な緊張感をはらんでおり読ませるものがある。

たとえば「壁にかかっている肖像が曲がっている」と誰かが言ったとして、これが実際に正しいとする。この正しさの真理性を検証するとき、その正しさはどこに立ちあらわれるのか、との問いをハイデガーは発するのだが、彼によるとその真理性は、この曲がった肖像を見て、その肖像のほうへ意識をかたむけ、「壁にかかっている肖像が曲がっている」と言明する、当の本人の態度のなかにあらわれるのだという。

いったいこの人は何をいっているのだろう、と思わず首をひねってしまうが、要するにハイデガーによると言明とは、対象を知覚して、そのままのあり様でとりだして、その本質を露呈させる営みなのである。先ほどの存在の概念をもちいて、これを説明すると、先ほど私は蝶が世界で存在する、その構造について述べた。蝶は空間と時間にまたがる錯綜した関係の網の目のなかで生きている。これが蝶という存在である。この網の目世界を無視して蝶を蝶として立てることはできない。しかし、では誰がその蝶の存在を立てるのかといえば、それは人間であり、もっといえば、それは、人間の認識構造のなかでのみ蝶の世界は実現するということである。だからハイデガーの考えでは、ほかの事物の存在を成立させる人間なる存在は、蝶やライオンなどよりも一段高い地位をあたえられており、〈現存在〉なる不思議な言い方でよばれている。

そこで肖像の話にもどるが、この曲がった肖像は、曲がっているというあり様で世界に存在しているわけだが、そのあり様のままそこからとりだして明るみに出せるのは、ひとえに現存在たる人間だけだ。人間が「あ、曲がっている」と言明したとき、実際に曲がっているというかたちでぶらさがるその肖像のあり様は、言明する人間のその行為をつうじてはじめて正しいものとして、真理か虚偽であるかといえば真理として、開示される。

〈言明が真であるということは、それが存在者（引用者註・物体、生物、人間等をふくめたこの世に存在しているあらゆるもののこと。ここでは壁にかかる肖像）をそれ自体のありさまで発見するということである。言明は、言明し挙示する、すなわち、存在者をその被発見態において「見えるようにする」（ἀπόφανσις）。言明が真であること（真理性）は、発見的であること（entdeckend-sein）として理解されなくてはならない。〉（『存在と時間』細谷貞雄訳・ちくま学芸文庫）

非常に観念的、抽象的な議論に感じるかもしれないが、私にはこれはきわめて実際的な議論に思われる。ある物事を知るには、その物事を単体でとりだしても真にわかったことにはならない。あくまでそれが存在する環境や状況の文脈のなかで、つまりその物事が存在する世界という構造のなかで理解しなければ正しく知ることにはならない。そして、それがそのように存在している、その正しさは人間だけがとりだすことができるのだから、その存在の本質は人間の主観に映し出される。ハイデガーがいっているのは、たぶんこういうことではないか。

人間が志向し、関わりをもたないかぎり、その対象の本質はおおいかくされ、隠蔽された状態にとどまる。結果、そこにあるはずの真理は、気づかれず、ないままに終わる。ひとえに存在のベールをひきはがすのは人間であり、対象と関わっている当の私だ。だから私が北極を旅するときであれば、北極を北極たらしめるその本質は私の主観をつうじて開示される、といえる。しかし、このときGPSなどテクノロジーに過度に依存してしまえば、北極との関わりは遮断され、知覚センサーたる私の目は濁り、北極の本質は私の主観にただしく開示されえないだろう。肖像は曲がっているのに、曲がっていると認識することができなくなるだろう。本質を、すなわち北極をそのあるがままの正しい状態で知るには、読図や天測するなどして北極とじかにまじわり、重なりあう面積をひろげ、みずからの身体の知覚受容体としての機能を高めることが必要である。そうやって関与係数を高めたときに、もし私が、天測結果に誤差があるんじゃないかと不安を感じたのであれば、その不安のなかにこそ北極のただしい姿が開示されている、と理解すべきだろう。

3

この知るとは何かという議論は、事実とは何かという議論につながってゆく。事実とは何かについて私は大きな関心をもっている、とすでに述べたが、ここでハイデガーの難解な哲学に触れたのは、事実論を展開するうえで彼の思索が重要な視点をあたえてくれるからである。

私は探検をして、それをノンフィクション作品として発表する活動をつづけている。最近こそ肩書は〈作家・探検家〉としているが、数年前までは〈作家〉ではなく〈ノンフィクション作家〉と名乗り、わざわざノンフィクション限定であることを断っていた。ノンフィクション作家を名乗るのをやめたのは、小説を書くようになったからではなく、単に〈ノンフィクション作家・探検家〉という肩書が長くて鬱陶しくなっただけの話で、今でも私は一応、自分の作品がノンフィクションという分野におさまるものだと考えている。そして、そのノンフィクション（nonfiction）であるが、これはノン（non）なフィクション（fiction）で、フィクションではないという意味であるから、創作や虚構をまじえた物語ではなく、事実を提示して真実に近づこうとする文章表現といえる。

しかし一口に事実といっても、何をもって事実だと認定しうるのか、線引きするのはじつは非常に難しい。取材の結果や探検の経緯を事実として描こうとしても、その事実のなかに本当に私が描こうとする対象の本質は反映されているのか、そこを見極めるのは大きな難題なのだ。というのも、もしこの私が認定した事実に、対象の本質がきちんと反映されていなければ、私はピントのズレたことを書いていることになり、完成度の低い作品を世におくりだしていることになるからである。

だが、新聞記者を辞めて十年、探検して作品を書くという営為をつづけているうちに、私は、自分なりに事実がどこにあるのか少しずつわかってきた気がする。そしてハイデガーの所説を読むかぎり、彼の実存的分析は私のその事実認定論を哲学的に基礎づけてくれているように思える。つまり私が独自に導き出した事実論はどうやらハイデガー哲学からみても、いいところをついているのではないかと、そんな気がする。何しろ二十世紀最大の哲学者ともいわれる巨人ハイデガーだ。そのお墨つきをえた（と私が勝手に思っている）わけだから、私の事実論はもはや完全無欠といっても過言ではない。

と戯言《ざれごと》はさておき、ここで考えたいのは事実とは何かである。ポイントはやはり対象との関わり方だ。まず議論をわかりやすくするため、事実なるものを二つに大別して話を進めていくことにしよう。一つは客観的に認定できる事実、もう一つが主観的に認定できる事実だ。

まずは客観的な事実とは何か。

多くの人は事実とは客観的なものだと考えていると思う。たとえば私が机にむかっているという事実がある。これは実際、私は今、机にむかって原稿を書いているわけだから、客観的に見て真だと言える。つまり事実だ。誰がどこから見てもまちがいのない事実である。したがってこの世の中に客観的事実というものが存在することもまた、まちがいのないことだといえるだろう。しかし事実を伝えようとするとき、この客観的事実だけでは、本当に伝えなければならない事実が逆にぬけおちてしまう、という逆説的状況が発生することがある。

たとえば新聞記者的な事実が、ときにそれにあたる。

私は二〇〇三年から五年間、大手全国紙で地方記者をつとめていたことがあり、記者の事実認定作法をおおむね心えているつもりだが、このことに関して、上司からさずけられた二つの助言が今も忘れられないでいる。その一つは〈副署長が言ったのなら書ける〉というもの、もう一つは〈うんと言わせる取材をしろ〉という助言だ。

一つ目の〈副署長が言ったのなら書ける〉という助言、これが何を意味するかといえば次のようなことだ。

副署長というのはつまり所轄警察署のナンバー2であり、事件の広報を担当する役職だ。入社して一、二年目の駆け出し記者は、たいてい事件担当として警察署回りをすることが多い。警察官は口が堅いし、殺人犯や暴力団とわたりあうだけに強面《こわもて》の捜査員も多く、ちょっと怖い感じの人も多いので、駆け出し記者が情報をとる訓練をするのには最適な役所だからである。というわけで新人記者は毎日署回りをして、副署長と仲良くなり、ときに夜討ち朝駆けで官舎にも出向き、スナックで一緒にカラオケを歌い、接近して独自情報を得ようとする。しかし広報担当たる副署長は職務上、特定の記者だけに秘密情報を教えるわけにはいかず、公式発表以外はなかなか教えてくれない。普通は「捜査中です」の一言で追いかえされる。しかし普段から関係づくりに力を入れていると、むこうも人間なので、その努力や真面目ぶりを評価してくれて、何か大きな事件があったときに、捜査情報をポロッと教えてくれたり、こちらが独自に摑んだネタをあてたときに無言で首を縦にふって裏取りをさせてくれたりする、かもしれない。

　こうしてポロリと漏れ、こぼれおちてくる副署長の情報提供は、いわば天の恵みにひとしく、非常に重たい。なぜなら副署長は所轄の事件の捜査情報すべてに目を通しており、副署長のもつ情報はその時点の警察の見立てを反映したものであるからだ。つまり真偽不確かな末端の捜査員の情報とはちがって、ほかの情報と突きあわせ、内容が吟味され、取捨選択され、その末にまちがいない情報としてのこされたものであり、裁判になったとき証拠として採用される可能性の高い情報なのである。警察内部で濾過《ろか》され、ガセネタではないと認定された情報だ。だから副署長の口から漏れ出た情報は、裏取りするまでもなく、それだけで事実として新聞に書ける、ということになる。

　だが、よく考えてみると、この〈副署長が言ったのなら書ける〉的な記者の事実認定作法には、どこかおかしいところがないだろうか。

たしかに副署長は、とある情報を漏らしてくれた。そのことにまちがいはなく、客観的事実だといえる。〈副署長が言った〉という外形的事実はたしかに存在している。しかし記者が本来見つめなければならない事実は、副署長が言った、言わない、という瑣末な事実のむこうにある、もっと大きな事実なのではないだろうか。

たとえば、ある殺人事件が起きたとする。容疑者はしばらく捕まらなかったが、警察は地道な捜査の末にAという人物を容疑者として絞りこんだ。そこに普段からの夜討ち朝駆けスナック通いで副署長と仲良くなっていた某新聞のサツ回りがこの捜査情報を聞きこみ、特ダネとして翌日の朝刊でスッパ抜いたとする。特ダネ記事が出た当日、警察はAを殺人容疑で逮捕、結果、このAの記事は正しかったことが証明される。

ここで注目しなければならないのは、特ダネ記事を書いたこのサツ回り記者が何を事実として認定しているかだ。記者が認定しているのは、あくまで副署長が情報を教えてくれたという事実にすぎない。そのむこうにある、より大きな事実、すなわち事件の犯人は本当にAなのか？　という謎への答えとなる事実に、彼は何ら到達していないのである。

当然ながらAが逮捕されたとしても、Aはまだ犯人と決まったわけではない。殺人容疑というのはあくまで容疑であり、警察の見立てにすぎないからだ。犯人は誰なのかという、記者が本当に取り組まなければならない事実は、警察と検察の取り調べ、そして裁判というその先の検証が終わらなければあきらかになるものではない。要するに副署長が言った時点では、まだ副署長が言ったという外形的事実のみが事実であり、その内容が本当に事実かはまだ確定されていないわけだ。それにもかかわらず、記者は副署長が言ったという外形的事実認定だけを拠り所に、まるでAが犯人であることが確定したかのように記事にする。新聞記者の事実認定の論理にしたがえば、副署長が言えばそれは事実として書けるのだから、本当にAが犯人であろうとなかろうと記事を書くことは可能だし、警察が逮捕した時点でほかのマスコミ記者もAが犯人であるかのような報道をはじめる。

だが実際に警察の見立てがまちがっていて、裁判で無罪になったり、有罪になってものちに再審請求が認められて無罪となるケースもあるわけだ。事件の真実はどこにあるのか、というより大きな観点から見た場合、その事件報道は結果的にまちがいだったということになりかねないのである。

もちろん当局の動きを追うのは新聞記者の社会的使命でもあるので、その時点での警察の見立てを記事にするのは重要なことだ。その意味で副署長が言った／言わないという事実には、報道すべき価値がある。それに新聞社は警察とちがって人員がかぎられている。地方で殺人事件が起きた場合、よほど大きな事件でないかぎり取材にあたるのは経験の乏しい支局の若手数名である。一方、警察は国家権力を背負った情報収集のプロが広範囲に捜査するわけだから、犯人情報に差が出るのは当然である。だから新聞社としては独自に犯人を捜して報道するより、警察の捜査情報を入手して伝えたほうが効率的である、という理屈になり、警察に張りついて捜査情報を手に入れることに専念する。それを考えれば、〈副署長が言ったのなら書ける〉という助言にはやむをえない面もある。

しかしそれでも、事実とは何かという観点から考えた場合、この事実認定のやり方には無視できない問題が横たわっているといわざるをえない。もう一度考えてみよう。記者がとる事実認定の基準は、Aが本当に犯人なのかどうかという大きな事実より、副署長が言ったかどうかという表面的な外形的事実に重きが置かれている。その結果、Aが本当は犯人でないにもかかわらず、犯人であるかのように報道される、というまちがいが生じかねない構造になっている。つまり新聞記者の論理にしたがえば、外形的な辻褄《つじつま》さえあっていれば、その奥にある事実〈真実と言ってもいいかもしれない〉の如何にかかわらず、事実として書けることになるのだ。意地悪な言い方をすれば、新聞記者がむきあっているのは、それが真に事実かどうかより、それを事実として紙面に書けるかどうかである。それは本当のことなのか、と読者から突っこまれたとき、副署長が言っていたのだからまちがいない、と言い張ることができれば、それは新聞記者にとって事実と認められる。

4

この新聞記者的な事実認定作法の問題点をさらに露骨に示すのが、〈うんと言わせる取材をしろ〉という二つ目の助言だ。インタビュー記事を書くときは、記者の側で聞きたい内容が事前に決まっていることが多い。そういう場合、記者はその聞きたい内容に沿った「これはこういうことだったわけですか」みたいな誘導型の質問を繰り出し、相手から肯定的返答を引き出そうとする。意図通り相手が「まったくその通りですね」と質問を完全肯定してくれれば問題ないが、場合によっては「う〜ん、というより……」という感じでうまく肯定してくれないこともある。だが、記者のほうもそこで諦めるわけにはいかない。何しろこのインタビューの目的は相手の言い分を聞くことにあるわけではなく、もともと記者の側がもっている構図を相手が認めるかどうかにあるからだ。だから最初の質問で肯定してくれなくても、記者は食い下がり、角度やニュアンスを微妙に変えて「ということは、こういうことだったわけですよね」と同じ内容のことを訊く。そんな質問をくりかえすうち、相手も面倒くさくなって「まあ、そうですね……」などと、積極的ではないがひとまず相手の質問を認めるような返事をする。相手が認めた時点で、記者は事前に用意した構図で記事を書ける根拠を得たことになる。何しろ相手が「そうですね」と肯定したのだ。どのような意図でその一言を発していようと、肯定した外形的事実はゆるがない。こうして記者は事前に目論んだ通りの結果を得て記事を書くわけだが、すると翌日、取材相手から抗議の電話がかかってきたりする。「私はあんなことを言ってません」。しかし記者の側には相手が認めたという根拠があるので、「え、だって、そうですねと言ったじゃないですか。メモも取ってるし」と反論することができる。相手が「私はそういうつもりで言ったわけじゃない」と抵抗しても、もうどうしようもないのだ。言ったことにまちがいはないわけだから。

これは、やや誇張してはいるものの、基本的には実際に私が支局員一年目のときに体験したことである。当時は自分で認めたくせに何言っているんだ、とむこうの言い分を歯牙にもかけなかったが、今思うとあのとき自分は正しい事実を報道したのだろうか、という疑問が非常に強くある。ここにも外形的な客観事実だけで事実を認定した際のパラドクスがあらわれている。たしかに相手は「そうですね」と肯定した。この肯定したという事実は、客観的事実として存在する。しかし、相手が認めたからといって、記者が事前に組みたてた構図が、本当に事実であるということにはならない。

これはインタビューを受ける側にまわればわかることだが、別に相手の質問を肯定するつもりでなくとも、話の流れで「まあ、そうですね」とか「ええ、はい」といった返事をすることは、しばしばある。記者の質問が自分にはどうでもよいこと、関心がないこと、と思われたとき、ついつい生返事をかえしてしまうのである。それに自分でも思っていなかった予期せぬ一言がポロッと口から漏れたりすることも多い。インタビューといえども一対一の対話なので、質問を受けた拍子に「あれ、おれなんでこんなこと喋っているんだろう」などと戸惑いつつ、これまで思いついたことのなかった考えや見解を口走ってしまい、取材が終わって後悔することは少なくない。だから、その意味で、対話の流れで生じるこうした肯定的な生返事や、かならずしも自分の考えを反映しているわけではない反射的な言葉などは、実質的な事実性を備えていないといえる。しかし、真の事実性を備えていなくても、私がそれを喋ったという外形的な客観事実は存在するので、言ったか／言わないか、という点だけを事実認定の基準にするかぎり、それを記事として書いても表面的にはまちがいではないことになる。

このように客観的な事実だけを拠り所にした場合、真に到達しなければならない事実に到達できないという逆説状況が起きることは少なくない。客観的な事実だけでストーリーを組み立てれば外形的な整合性は合うので、いかにも事実然とした装いを施すことができるのだが、その装いの裏では真に到達しなければならない事実認定がおろそかになってしまうのだ。

ハイデガーの分析を参考にすれば、このようなことが起きるのは取材者の側に事実を志向し、事実と関わろうとする態度が薄いからだ、といえる。

〈知覚するはたらきは、事物的存在者から覆いを取り、ある特定の発見という仕方でそれが出会ってくるようにします。知覚は、事物的存在者がそれ自体でみずからを示すことができるように、事物的存在者からその覆われた状態を取り除き、そのようにしてそれを解き放つのです。〉（『現象学の根本問題』木田元監訳、平田裕之・迫田健一訳・作品社）

事実の認定には本来こうした知覚の働きが必要だ。物事にたいして志向し、意識を差し向け、客観的事実の裏側にまで注意をむけることで、その物事と関わる領域を広げ、その物事の上に覆いかぶさるベールを引きはがして本質をあきらかにする。しかし、〈副署長が言ったのなら書ける〉〈うんと言わせる取材をしろ〉というような事実認定のやり方には、事実にたいするこうした志向性と関与への態度は見られない。外形的な整合性を重視するあまり、言ったか／言わないか、という表面的な問題にこだわり、結果、その奥にある真の事実へむかおうとする意識がうしなわれている。

つまるところ、客観性のみにより事実を認定するには限界があるということである。ハイデガーが言うように、ベールにより見えなくされている事実を露呈させるには、志向し、関与する人間側の知覚の働きが必要である。そしてこの知覚の働きによりあきらかにされる事実は客観的に認定されるものではなく、志向し、関与した人間の主観によってのみ認定されるものなのである。

前述のインタビューの例をもう少し具体的に考えてみよう。先ほどの場合のように記者が何か質問をして、相手が「まあ、そうですね」と肯定的に返事をして、その後すぐに「ところで」と話題を変えたとする。このとき重要なのは、なぜ相手はすぐに話題を変えたのか、とその意図を志向的に考えることである。

もしかしたら相手はこちら側の質問内容に全然興味がなくて、「ところで」以降の話題にさっさと切り替えたいがために質問に適当に相槌を打っただけかもしれない。だとすると、今の「まあ、そうですね」という相槌は本心から出たわけではなく、内容のない単なる受け答えということになる。その可能性に思いいたれば、取材者としては「まあ、そうですね」を額面通り受けとるのではなく、ひとまず保留にし、後から質問を変えてもう一度訊ねるなどして、その真偽をたしかめる必要が出てくるだろう。あるいは相手がこちらの質問に窮して、答えを探すようにもごもごと何か言ったとする。この場合もその言葉が相手が本心から言ったものではなく、不意に予想外の質問が飛んできて言葉を探すうちに普段考えてもいないことが口をついて出ただけかもしれない、と思いいたる。要するに対話をしているとたしかに相手は何かを言うのだが、しかしその発言がかならずしも相手の意図を正確に反映しているとはかぎらないわけである。

5

事実というものは二重構造になっているのかもしれない。

表面には誰にでも知覚しうる客観的なものとしての外形的事実が無数にあり、その奥深くにそうしたすべての外形的事実を発生させる、より大きな、その対象の本質を反映する事実が横たわっている、そんな二重構造である。

後者の大きな本質的事実のほうは、いわば外形的事実を生み出す母体のようなもの。であるなら表面にある外形的事実のほうを〈子事実〉、それを生み出す基盤である本質的事実のほうを〈母事実〉と呼ぶことも可能だろう。先ほどのインタビューの例であれば、相手が「まあ、そうですね」と肯定的返事を返すこと、あるいは言葉を詰まらせながら何かもごもご言うこと、こういった諸々の細かな外形的事実が〈子事実〉で、これらの裏にある、相手の意図や本心といった大きな本質的事実が〈母事実〉にあたる。「まあ、そうですね」という受け流しのための生返事は、記者の質問にはあまり関心がないという相手の本心（母事実）から発せられた子事実であり、言葉を詰まらせて何かを述べるのも、その質問についてはあまり考えてこなかった、という相手側の事情（母事実）から生まれた子事実である。

こう考えると、ノンフィクションとは子事実のむこうに横たわる母事実をなんとか探り出し、それを物語として提示する文芸のことなのではないか、ともいえそうだ。子事実は、それひとつとってみれば単体のエピソードにすぎない。それらを全部ひとつひとつ列挙してみても、互いに連関しているわけではないので孤立してしまい、せいぜい年表やウィキペディアのような項目を羅列した説明文にしかならない。子事実を示して、しかもそれらを有機的につなげ、それぞれが配役として躍動するような、そんな生きた物語として駆動させるためには、子事実を発生させる大きな母事実を突きとめなければならない。

しかし何度もいうように母事実は経験世界のなかに客観的に存在しているわけではなく、誰にでも目に見えるかたちで知覚しうるわけではない。だからこそ無数の子事実を渉猟《しょうりょう》、吟味したうえで、主観の力により表面のベールを突きやぶるしか到達の術はないのであるが、では首尾よくその母事実を探り当てたとして、それがいったいどこに存在するのかといえば、それはやはり探り当てた当の本人の主観のなかにしか見つからないのである。

たとえば先ほどの天測の例で考えると、六分儀で天測して北極を旅するとどうしても誤差がともなうため、冒険者はつねに茫漠とした不安に襲われる。この茫漠性のなかにこそ北極を北極たらしめる北極性が存在する、というのが私の見解であり、私はこの茫漠性こそ北極における母事実だと考えているといえるわけだが、ではその茫漠性がいったいどこにあらわれるのかといえば、それは完全に観測者である私の内面でしかありえない。

客観的に見れば、北極の茫漠性など外の世界をいくら探したところで見つからない。北極という外的な自然環境のなかで見つかるのは、雪や氷や風や白熊であり、橇にくくりつけた氷点下三十度の目盛りを示した温度計などだ。だが、こうした客観的な子事実だけ示しても、北極の真の姿はとらえきれず、それゆえノンフィクションとしてえがくことはできない。北極を旅するときに感じる、どこか、つねに死にまとわりつかれているかのような、あの、ぬったりとした不気味さを表現するには、北極にたいする志向性を強めて、身体的に接触する度合いを深め、関与領域を増やし、全身まるごと知覚センサー化させてその本質を直観しなければならない。

主観によって探りあて、主観のなかに反映し、そしてみずからの主観によってその真偽を判断する。こうした意味において母事実はまぎれもなく主観的事実である。しかし主観頼みであるだけにやはり問題もあって、主観がそもそも鈍《なまく》らだったり、錆《さ》びついていたりしたら、せっかく到達したと思った母事実も、じつは全然事実ではなくただの誤認だった、ということになりかねない。こうした誤った母事実をもとに子事実をならべて記事や本を書いたとしても、どうしても物語に無理が生じて説得力の欠けたものとなるため、全然おもしろくない作品となる。母事実の難しさ、ノンフィクション（フィクションも同じだと思うが）を書く難しさはここにある。

いや、それは書く書かないの問題ではないのかもしれない。何か行動を起こすときの問題設定として、母事実にたいする直観的洞察はどんな場合でも必要なものなのかもしれない。探検にせよ何にせよ、とある行動を起こすときに対象の本質をとらえられていなければ、その行動は独りよがりなものとなり、社会との接続をうしなうことになるだろう。どんな対象であれ、その母事実たる本質をつきつめることができなければ、そこから普遍への回路は開かれない。

母事実への到達は困難だが、私自身の経験のなかからそれに成功できた、と自己評価できるケースをあげれば、それは極夜の探検ということになる。

極夜とは、北極や南極で冬になるとおとずれる太陽の昇らない暗黒の季節のことである。私は二〇一六年から一七年冬、北緯七十七度四十七分にあるグリーンランド最北の村シオラパルクを出発して、この闇に閉ざされた氷原を八十日かけて探検したのだが、旅は事前に考えていたよりもはるかに多くのトラブルが続出し、苦難に満ちたものとなった。

出発して最初の氷河でいきなり強烈なブリザードに遭い、前日までしっかり凍結していたはずの海氷が割れて流出、いきなり位置決定の拠り所だった六分儀が吹き飛ばされてしまう。それでもなんとかコンパスと星明かりを頼りに、氷床、そしてツンドラ地帯という、平坦で現在地の把握のむずかしい難所をどうにかこうにか越えたが、今度はその先の無人小屋で事前に備蓄していた数カ月分の食料が白熊に食い荒らされてなくなっているという泣きたくなるような事実が判明する。食料がない以上、前進はおろか帰還することさえ難しい。私は暗黒状況下での麝香牛《じゃこううし》狩りを決意し、獲物の見つかりそうな北の湾にむかった。だが、明るいと思っていた満月の光には麝香牛を遠望できるほどの光量はなく、結局、狩りも失敗する。やがて闇のストレスや疲れや寒さからなかば自暴自棄となった私は、相棒だった一頭の犬がまもなく餓死するだろうから、その死肉を食って村にもどろう、などということまで考えるにいたった。

旅はそれからもしばらくつづき、最終的には私も犬も死ぬことなく村に帰還し、その一部始終を『極夜行』という作品にまとめたわけだが、ではこの本を執筆するときに私が一番考えたのが何かというと、自分が経験した極夜の本質ははたしてどこにあったのか、ということだった。

この探検の目的はどこかに到達することではなく、極夜という地球上の知られざる暗黒空間の本質を洞察することにあった。この、ひたすら暗いだけの未知空間の実像を報告するには、本のなかでその極夜の極夜性が表現されていなければならないのだが、ではそれはどこに宿っているのだろう。

客観的な外形の事実だけを書いても、それは極夜の極夜性を正確に表現したことにはならないし、そもそも極夜における客観的事実など、たかが知れている。それは、夜が二十四時間つづくこと、とりわけ冬至前後の月の出ない日がもっとも暗いこと、極夜明けが近づいてくると太陽が地平線の下に近づき日中は南の空が明るく染まること等、せいぜいその程度の事々である。しかし私にいわせれば、極夜はこうした表面的な事実の羅列では到底言いつくせない渾沌とした世界だったのだ。

私の考えでは極夜の本質は渾沌にあった。無秩序なカオスこそ極夜が極夜たる所以である。たとえば暗くて現在地がわからなくなることなどは、この母事実たる渾沌から生み出された子事実の典型的な例だろう。GPSを持たず六分儀も吹き飛ばされた後、私は地図とコンパスで現在地を探りあてようとし、結局自分がどこにいるのかわからなくなり、まるでフランツヨゼフ諸島を目前にしたナンセンのごとく頭が混乱したのだが、これなどはカオスという極夜の本質が形象化した一事例といえるだろう。

月明かりもまた極夜の渾沌ぶりを象徴していた。極夜という闇空間でもっとも頼りになる光源はヘッドランプではなく月明かりである。月さえ出れば、それまで知覚できなかった雪上の起伏や氷の凹凸《おうとつ》が一気に照らし出され、世界はそれまでの暗鬱としたものから、一気に急激に好ましいものに変わったように思える。満月ともなると、大地をおおいつくす雪氷があたかも弱いLEDでぼわーっと自然発光したかのごとくじんわり明るくなり、もう太陽など不要ではないか、とさえ思われるほどになる。

しかし太陽ほど完璧な明るさのない月は、その微妙さゆえに私を幻惑する原因ともなった。たとえば備蓄食料が白熊に食い荒らされたことが発覚した後、私はすぐに麝香牛を狩ろうと思いいたったわけだが、そんな気になったのも月が満月だったせいである。月の出ない時期の暗さとくらべると、満月の明るさはあまりに圧倒的なので、私はそのとき、絶対に麝香牛を狙える、見えるに決まっている、馬鹿でも獲れる、と途方もなく前向きな気分になった。ところがそれは月が作りだした幻想にすぎなかった。満月の明るさに導かれて私は暗黒世界の奥へ、奥へと突き進んだが、月が欠けはじめ、世界がふたたび暗くなりはじめた途端、極夜世界の最奥まで来すぎてしまっている自分に気づき、絶望を感じることとなったのだった。

このように極夜は渾沌極まる世界なのだが、しかし、その渾沌の最中、極夜の外的な客観的事実はどうだったかといえば、ただ単に暗いだけ、あとは時折、月が出ているというだけのことである。別に暗さが爆発して闇の煙幕を張っているわけではないし、暗黒粒子が竜巻を起こして私を舞い上げたわけでもない。極夜の本質である渾沌は、私の主観のなかで露わになったものであり、外側の世界にあるのは数行の記述でおわってしまう単調な環境のひろがりだけだったのである。

第三章　本質的な存在であること（二〇一九年冬の報告）——関わること　その三

1

二〇一九年一月、その冬もまた私はグリーンランド最北の村シオラパルクにやってきた。はじめてシオラパルクをおとずれたのはその五年前、そのときは妻の出産に立ち会い、それが無事に終わるやいなやすぐに飛行機の便を予約し、文字通り飛ぶようにしてやってきたのだった。目的はあくまで、前章でも触れた極夜の探検の準備活動で、当時の気持ちとしては、本番の探検が終了したらこの地を離れて、また別の地で新しい未知の土地を旅しよう、とそんなつもりでいた。

それなのに現実は、極夜探検が終わっても、私は性懲《しょうこ》りもなくこの地に通っている。もう五回目だ。村人たちも、こいつは毎年何のためにやってくるのだろうか、と不思議に思っているにちがいないし、実際に「お前はなぜ旅をするんだ？」とよく聞かれて返答に窮することがある。どうしたわけか私はこのグリーンランド北部の自然に固執している、しがみついている、まだまだこの地でやりのこしたことがあると感じているのである。

いったい何をやりのこしているというのか。やりのこしているというより、正確にいえばこれは、ひとつの旅が終わると、その旅の過程で次の旅の主題が澎湃《ほうはい》として浮上し、その新たな主題でこのグリーンランド北部をまた旅してみたいとの不可解な衝動が湧き起こってそれを自分でもおさえきれない、といった状態である。

泥沼の深みにはまりこんでしまった私のこの現状は、まさにグリーンランドと関わることから生じた、それ以前には予測することのできなかった突発的な事態である。事態は関与とともに本書の主題そのものなので、この泥沼構造についてはのちに詳しく論じることにするが、ここではとりあえず、この二〇一九年シーズンからはじめた新しい活動、すなわち犬橇について思うところを書いてみたい。

犬橇には犬という意のままにならぬ相手がおり、その犬を訓練しないとまったく話にならない、という事情があるため、それまでの人力橇の旅よりも関わりの問題が、はるかに切実な主題として、その行為の核に存在している。この犬橇における関わりは、通常の他者との関わりとは、またちょっとちがった角度から見た関わりだ。というのも、そこでは自分以外の他者といかに関わるかではなく、自分の行為に自分がいかに本質的に関わるかが問われているからである。だから犬橇は〈関わること〉〈自分の手を汚して行為すること〉の意味を考えるのに最適な題材なのである。

ところで私は今、自分の行為に自分が本質的に関わる、と書いたが、それはどういう意味だろうか。自分の行為に自分が関わるのは当たり前のことではないか。それは誰もが日常的にやっていることではないか。むしろ自分の行為に自分が関わっていないことのほうが珍しいのではないか、とそんなふうに思われるかもしれない。

しかし、システムが異様なまでに複雑化した現代社会において、これは決して当たり前のことではない。いったいこの時代、どこの誰兵衛が自分の行為に本質的に関われているというのか、そんな人がいるなら紹介してもらいたい、と思うぐらいである。〈自分の行為に自分が本質的に関わる〉ことをもう少し詳しく定義すると、〈自分が時間と労力をかけた結果としてそれが存在しており、かつその結果責任が自分の身に跳ねかえってくる〉行為といったことになると思うが、このように言葉を少し厳密にしただけで、それが現代社会ではいかに難しいことなのかがわかると思う。

というか、ほとんどの局面でそれはもう無理なことなのではないか。

たとえば移動という行為を考えてみても、飛行機で移動するとき、たしかに私はある地点から別の地点へ移動しているわけだが、その移動行為に私はほぼまったく関与できていない。飛行機を実際に飛ばしているのは私ではなくパイロットや空港の管制官だし、運行しているのは航空会社だし、飛行機を製造したのは巨大航空機メーカーであって、私自身は、これら私以外の他者が実現させた飛行機の運行というシステムに乗っかって身体を移動させていただいているだけだ。私ができることといえば、いつ、どの飛行機に乗るかを決定し、コンピューターのボタンを押してチケットを購入するという、飛行の前々段階におけるきわめて消極的な選択とささやかな手の動きに限定されている。もし飛行機が運航していない日に移動したいと思っても、それは無理な相談であるし、天候不良など何らかの理由で運航がキャンセルになった途端、私は自分の移動意志を貫徹することが不可能となる。これでは到底、自分の移動に自分が本質的に関わっているとはいえない。

では、車を運転して移動する場合はどうか。

近い将来、一般利用が実現するであろう自動運転車に乗って移動するような場合は、すべて機械まかせとなり、自分で発車や停車や道順の判断をしなくてすむわけだから、これは飛行機に乗って外国に行くのと同じぐらい関与係数は低くなってしまう。しかし逆にちょっと古いマニュアル車で、かつカーナビにたよらず、きちんと地図を見ながら道を調べて運転するとなると、これはかなり関与の度合いが高まるのではないか？

しかし後者の場合も、その関わり方は決して完全なものとはいえない。たとえば、もし移動の途中でこの車が故障してしまったら、いったいどうなるだろうか。まずレッカー車を頼んで修理業者のもとにはこんでもらい、そのうえでメーカーや販売業者に相談するなり、場合によってはその責任を問う、ということになるだろうが、しかしこれでは、自分の行為に本質的に関われている者の態度としては一貫性を欠いている。というのも、もしこれが自分が本質的に関わっている行為であれば、その責任の所在は自分にあるわけで、販売業者やメーカーの責任を問うなどということはできないはずだからである。ということは、この行為のどこかにある、非常に重要な過程に自分は関われていないということになるのだが、ではその過程とは何かと考えると、それが製造過程であるということがわかる。移動のために決定的かつ不可欠な道具である車の製造、この部分にたいする関与が、このケースでは完全に欠落してしまっているのである。

したがって自分が完全に関与できている車の移動とは、自分で製造した車で移動する場合になるのだろう。これだと仮に車が故障して事故が起きたとしても、百パーセント自分の責任であり、いい加減な時間と労力のかけ方をして適当に車を製造すれば、その結果は自分の身に跳ねかえってくる。自分で時間と労力をかけて車を製造し、それを運転し、かつその結果をすべて引き受け、故障したら自分で修理しないといけないわけだから、自分の移動行為に自分が完璧に関わっているといえる。

しかし、現代社会で普通の人がそこまでやるのは事実上不可能だ。よく知らないが、道交法か何かで法的にも禁止されているのではないか。

科学技術の進歩や、社会の産業化やら情報化やらの進展で便利な道具や効率的な機械が身のまわりにあふれたせいで、現代の私たちは、自分の知恵や経験や能力とはまったく関係ない、自分以外の何ものかの力を借りて生活することが当たり前となった。その結果、私たちは自分の行為でさえその大部分を外部委託せざるをえない状況となっており、何かをするときでさえ、その何かに関わることができなくなっている。動く、食べる、住むといった基本動作さえ細部に分断されすぎてしまい、ある行為をひとりで全うすることができなくなった。

行為に関われないということは、自分の内側から生み出されたものによってそれをすることができない、ということであり、すなわちみずからの生に接触できない、ということと同義だ。ただし、これは何もここ十年とか二十年とかにはじまった話ではなくて、おそらく、近代産業国家が成立した一世紀以上前からつづいてきた議論なのではないか、と推測する。その証拠に、たまたまこの原稿を書いていたときに読んでいたオルテガ・イ・ガセットの一九三〇年の著書『大衆の反逆』（神吉敬三訳・ちくま学芸文庫）には、こんなことが書かれている。

〈平均人は、その世界に、あり余るほど豊かな手段のみを見て、その背後にある苦悩は見ないのである。彼は、驚くほど効果的な道具、卓効《たっこう》のある薬、未来のある国家、快適な権利にとり囲まれた自分を見る。ところが彼は、そうした薬品や道具を発明することのむずかしさやそれらの生産を将来も保証することのむずかしさを知らないし、国家という組織が不安定なものであることに気づかないし、自己のうちに責任を感じるということがほとんどないのである。こうした不均衡が彼から生の本質そのものとの接触を奪ってしまい、彼の生きるものとしての根源から真正さを奪いとり腐敗させてしまうのである。〉

彼の主張を乱暴に一言でまとめると、外部に頼りきった暮らしは生の疎外を引き起こす、ということだ。話をわかりやすくするため、オルテガはこの状況を、安逸な生き方をする世襲貴族の例をあげて説明している。

世襲貴族は富と特権を有しているが、その人生はどこか虚しい。なぜ虚しいかというと、彼はその富と特権を世襲しているからである。彼の人生を豊かにしているはずのその富と特権は彼が作り出したものではなく、あくまで彼の先祖が生み出したものだ。彼の豊かな人生は、彼自身に由来しておらず、彼と内的には何ら関係がない。彼は先祖がのこしてくれた〈巨大な殻〉に閉じこもって生きているにすぎず、自分の人生を生きているのではなく、他者が準備した役どころを演じているだけなのだ。〈つまり、他人でも自分自身でもないように運命づけられて〉おり、どこか宙ぶらりんになっているのである。

〈貴族が世襲するということは、自分が創り出したのではない生の条件、したがって、自分の個人的で固有な生と結合し有機的に生み出されたのではない生の条件がすでに与えられているのを発見するということである〉とオルテガは書く。その人格は〈生を利用することも生の努力を行なうこともないために、しだいに輪郭がぼやけて〉いき、〈自分自身の個人的な運命を生きる余地がなく、彼の生は萎縮させられてしまうのである。〉

オルテガに言わせれば、平均的な大衆の人生も基本的にはこの世襲貴族と同じだ。大衆の人生の主要な部分を形成している〈効果的な道具〉や〈卓効のある薬〉や〈未来のある国家〉や〈快適な権利〉は、大衆が生み出したものではなく、過去の文明が創り出したものを受けついでいるにすぎない。大衆はこれらの商品、サービスに依存して生きていながら、その形成過程にはまったくタッチしていない。要するに彼が言う大衆とは、自分の行為を他者に外部委託して生活せざるをえない私たち現代人の姿とまったく重なりあっている。

ところが犬橇をはじめると、この状況は一変する。日常社会ではうしないかけていた、この、自分の行為に自分が本質的に関わることによってもたらされる充実感が、興奮や覚醒となってびりびりと全身を駆けめぐるのだ。

もちろん私だって生が疎外された現代人の一人であって、狩猟民でもなければ原始人でもない以上、日本での日々の暮らしは〈効果的な道具〉や〈卓効のある薬〉に思いっきり依存して暮らしている〈〈未来のある国家〉はかなり微妙なので、これはちょっと省く〉わけで、普段は恒常的に自分の行為に自分が本質的に関わらないことに慣れきっている。それだけに犬橇で感じられる、その充実感は、充実感という肯定的なレベルを超え、なにやら過剰なストレスとなってのしかかってきてマイナスのほうに振れてしまうほどだ。自分の行為に自分が本質的に関わることは、じつはとても疲れることでもあるのだ。

そのせいかどうかはわからないが、近年、私は生来感じたことのない肩の凝りに悩まされており、とてもつらい。

2

飛行機や自動車による移動とちがって犬橇で関与感覚を得られるのは、道具の製作や熟達するまでの訓練における試行錯誤の過程が、犬橇という行為そのもののなかに内在しており、そのプロセスの良し悪しが結果として最終的な旅の場面において直接、自分の身に跳ねかえってくるからである。

ここでいう直接という言葉は、いささか大袈裟な言い方をすれば、命が懸かっていることにひとしい。下手なものを作れば旅の途中で壊れかねないし、訓練を適当にしたら犬がばてて村にもどれなくなる。準備の過程がすべて旅における生きるか死ぬかに直結しており、それが強烈な関与感覚を生みだす。

犬橇というのは、犬橇というぐらいだから、犬と橇の二つの構成要素に大別してとらえることができる。犬というのは犬の調教、訓練のことであり、橇のほうは犬橇に必要な道具のことだ。この二つの構成要素をならべて考えてみると、当然、犬は生きた動物だし、人間にとってはかわいいと思わせる存在でもあるので、おのずと興味はどうしても犬との関わりのほうにむかう。実際、私も犬橇をはじめる直前直後はそんな感じで、犬が、犬が、と犬にばかり意識がむいていた。だが、実際にやってみてわかったことだが、橇すなわち道具の製作のほうも、犬の訓練に負けず劣らず犬橇行為の核を形成しており、こちらも関与感覚をもたらす大きな要因になっている。その証拠に、私が村でもっとも仲良くしているヌカッピアングアという舌を嚙みそうな名前の男は、私が二、三日犬の訓練をした段階で「もうお前は犬橇の訓練は十分だから、あとは道具を作ることに専念したほうがいい」と言っていたほどで、地元イヌイットも製作のほうを非常に重視している。

いずれにせよ、犬橇で使う道具の多くは村の店やアマゾンで購入できるものではないので、自分で作らなければならない。村の周辺でちょこちょこっとお遊び程度でやるぶんには借りる手もないわけではないが、人跡《じんせき》の稀な無人境におもむき数十日レベルの旅行をするような場合は、耐久性に不安のある他人の古い道具を使うのもちょっと怖いので、やはり信頼できる装備を自分で作るのが望ましい。

とにかく犬橇をはじめると大小様々な道具の製作に追われることになる。

では、どんな装備を作らなければならないかというと、まず犬が橇を引くために着用する胴バンドが必要である。これは幅数センチのナイロン系スリングを手縫いして作るのだが、慣れないと意外と時間を要し、場合によっては一頭分を作るのに一日がかり、十頭分ともなると冗談抜きで一週間前後は必要で、この労力だけでも馬鹿にならない。それに金太郎飴みたいに同じものを機械的に作ればいいというものでもなく、犬の大きさによってサイズも変えなければならないし、慣れてきたら、ここの部分をもう少し短くしたほうが犬の力が効率よく伝わるんじゃないか、みたいなこだわりも出てきて、納得のいくものができるまで次から次へと作る羽目になる。

さらに、犬と橇をつなぐイピウタという引綱も頭数分作らなければならないし、犬を操るための鞭も必要だ。

鞭といっても、SMみたいに犬をバシバシ痛めつけるために使う道具ではない。たしかに時々は折檻にも使うが、基本的には方向を指示したり、全頭その場に伏せの姿勢をとらせたり、動くなという指示をあたえたりするために使うコミュニケーションツールである。犬を思いどおりに動かせるかどうかが犬橇の上手下手の分かれ目であることを思えば、犬に意図を知らせるための鞭は、犬橇においては行為を成り立たせるための、かなり本質的といってもよい道具である。行為に本質的に関わることに徹底的にこだわるなら、こうした重要装備は、できれば地元イヌイットと同じように自分で海豹を獲って、皮を鞣《なめ》し、一からすべて自分でやるのが望ましい。しかし、さすがにそこからやると時間がなくなって本来の目的である無人境での長期旅行ができなくなるので、私の場合は今のところ、村人が作った鞭用の革を購入し、そこから先の鞣しやナイフによる成形を自分でおこなっている。

また、革の鞭は春になり氷が濡れてくると湿ってずぶ濡れになり、すぐに切れたり、犬の引綱に絡まって解《ほど》けなくなったりするので、細いナイロンロープを編んだ予備の鞭も必要となる。また革紐だけでなく柄《え》も必要で、こちらも木材を鉋《かんな》で削って自分で作らなければならない。犬橇をはじめると、どうしても犬が言うことを聞かないことが頭にきて、手に持っている鞭の柄で殴ることが多い。とりわけ初期の頃は指示を全然聞いてくれないので、ほぼ毎日ぶん殴ることになるのだが、そうすると鞭の柄がポキッと折れることがしばしばあって、それゆえ柄も頻繁に作ることになる。

そのほかにも手袋やオーバーシューズといった防寒系の革装備、道具を入れるための木箱、ロープや鎖を使ったブレーキ等々、ありとあらゆるものを作る必要があり、とにかく最初の年は有象無象、様々な道具の製作に追われる。

しかし、ここまであげた道具類はまだまだ序の口、これらにましてはるかに時間と労力がかかり、かつ命に直結する最重要装備が橇である。

橇を入手するには、①村人から中古品を購入する、②村人にお金を払って作ってもらう、③自作する、の三つの方策が考えられるわけだが、私は日本を出る前から、ほかの道具はともかく、橇だけは絶対に自作しようと決めていた。車の運転のところでも触れたが、橇の製作こそ犬橇という移動行為に自分が本質的に関わるために絶対不可欠な要件であると考えていたからだ。

橇は犬橇において代替のきかない、それこそ命に関わる決定的な道具である。その切実さは、胴バンドや引綱や鞭などの小物とは到底比較になるものではない。胴バンドが切れたら、面倒ではあるがテントのなかで縫い直せばいい。鞭を失くしたら、ロープで編めばなんとかなる。引綱など、それこそいくらでも代えがある。しかし橇だけは代えがきかず、もし旅の途中で壊れてしまえば、それはそのまま非常事態を意味する、そういう類いの道具なのである。

もし人間の住む世界から数百キロ離れた真の遠隔地で橇の損壊――しかも中途半端な損壊ではなく、ランナー材（滑走部）が真っ二つに割れるような致命的損壊――が発生したら、いったいどうなるだろう？

当然ながら、橇には私の食料、燃料、幕営用具一式、ライフル、犬の餌など、旅に必要な一切合切がつまれている。一カ月程度の旅であれば、積み荷の重量は四百キロ前後となり、仮に橇が壊れた時点で旅の日程を半分ほど消化していたとしても、まだ二百五十キロ程度の荷物がのこっている計算になる。生還するためには壊れた橇でそれだけの荷物をはこび、村までもどらなければならないわけで、考えただけでもゾッとする状況だが、現実にはこれだけ重たい装備を載せて氷の段差を駆け下ったり、横滑りして巨大な氷に激突したりするのだから、このゾッとするような致命的損壊はつねに発生する危険を秘めている。

やらなければならないことは、まずは橇の修理だ。何らかの衝撃でランナー材が割れたら、地元の人は釘や針金は一切使用せず、二〜三ミリ径のロープを使って特殊な結び方で結わえつけ、万力のように締めつけて修理する。修理がうまくいけば村まで生還できるかもしれないが、しかし氷点下三十度前後の寒さのなかでは、そううまく事が運ぶとはかぎらない。中途半端な直し方では村にもどるまでに、また壊れてしまうだろう。修理が失敗したら目も当てられない。壊れた橇では何百キロもの重量に耐えることはできないだろうから、少しでも積み荷を減らさなければならない。そうなると犬の餌ははこべないので、必然的に何頭かは処分しなければならないかもしれない。処分とは勿論、殺処分のことだ。橇自体も重たくて犬無しで引ける代物ではないので、鋸《のこぎり》で半分に切断して小さくする必要も出てくるだろう。そのうえで自分の装備と物資だけを載せて、自ら橇を引き帰還をめざすことになるだろうが、なんにせよ死と紙一重の行動になるのはまちがいなく、犬橇旅行における橇は絶対に壊れてはならない命にもひとしい道具である。

そんな大事な装備なら自分で作るのではなく、作業に慣れた村の人に作ってもらったほうが安全なのではないか、という意見も当然あるだろう。

なるほど、お金を支払って慣れたイヌイットに製作を依頼すれば、自作する場合より頑丈なものができるかもしれないし、時間も労力もかからないので効率性や合理性の観点からみても利点は多い。常識的に考えれば、そうすべきなのかもしれない。実際に外国の犬橇遠征隊は地元の人から犬や橇を借りるし、植村直己が一九七四年から七六年に北極圏一万二千キロの大冒険を敢行したときも、シオラパルクのカガヤという村人に橇を作ってもらってアラスカまで走り切った。

だが橇を人に作ってもらっては、犬橇のおもしろさの二、三割はうしなわれるのではないか、というのが実際に犬橇をはじめた私の所感である。むしろ橇がそのような切実な道具であるからこそ、それを自作することは、自分の行為に本質的に関わることに直結する契機になりうる。というのも、いい加減な橇を作ったり、製作に手抜かりがあったりすると、それは旅の途中での損壊という危機的なかたちで自分の身に直接跳ねかえってくるわけで、その意味では、橇を作ることによって、自分の命は自分で守るという冒険行為の原則が製作の過程にも適用されるからだ。橇の製作は旅という行為に、いや、もっといえばおのれの生に直接触れるための技法であり、自分で手を突っこんで汚すという、あの純粋なかたちでの関与の機会がこれにより生みだされるのだ。

それに、こうした原則論とは別に、自分で作った物で旅をするのは単純に楽しい、という感覚的な部分も大きい。手間暇をかけて自分の手で完成させた橇には、合理性や効率の良し悪しを超越した、数値には還元できない価値がある。私には自分で作った道具、あるいは使いこんだ道具には、まるで自分自身が憑依しているかのようだ、という感覚がある。おそらくそれは、製作という行為をつうじて、他人事ではない私の時間と労力が橇に注入されるからであり、すなわち私の過去そのものが乗りうつっているからである。過去が乗りうつることで、その物体は、木材でできた物資を運ぶための道具という物理的な次元を超えて、自分の生きた分身のような有機的存在となる。

3

橇の製作に見られるこの実践的な関わりあいは、当然のことながら犬とのあいだにも生じる。

しかも橇作りよりはるかに緊密、かつ抜き差しならないかたちで。

当たり前だが犬橇というのは犬を集めて頭数を揃えればすぐに乗れるものではなく、犬を操るための訓練が必要だ。この日々の訓練でも、橇を製作するプロセスと同じ関与と憑依の感覚がえられる。

橇作り同様、犬の訓練の場合も、村人の誰かからチームをそっくりそのまま借りうけて、それを利用すれば、訓練してまとめあげる過程が割愛されて合理的だし、しかも橇引き集団としてすでにできあがっている犬を利用できるわけだから、安心安全でもある。しかし、それでは熟練の名人に橇を作ってもらうのと同じで、自分で行為に関わるための重要な過程が欠落してしまう。そうではなく、別々の村人から一頭、二頭と犬をばらばらに寄せ集めれば、個々にばらばらな犬たちを、ひとつの走行する集団にまとめるための訓練が必要となり、その悪戦苦闘を経ることで、橇作りと同じ密接なつながりを犬とのあいだに築くことになる。私は今、悪戦苦闘と書いたが、犬橇の訓練は文字通り悪戦苦闘のひと言だ。

この冬、私は犬たちと、いやあえて犬どもと呼ぶことにするが、犬どもと多くの時間を共にすることで、はじめて悪戦苦闘というこの四字熟語を真実真正の意味で理解することとなった。

地元民が鞭の一振りで犬たちを従わせる様子を見ると、犬というのは非常に従順で、素直な動物で、犬橇を操ることなど造作もないことのように思えるが、しかしそれは彼らが子供の頃から犬と暮らし、鞭を振るのにも日本人が箸で食事をするのと同じぐらい手慣れているからできることである。犬橇をはじめれば誰でもわかるが、犬というのはじつに言うことを聞かない愚かな生き物である。と、ついこのように、犬好きの方の神経を逆なでするような不用意なことを書いてしまうほど、最初は思ったとおりに動いてくれないことに腹が立つのである。犬の扱いを知らない外国人がのこのこやってきて、今年から犬橇をハジメマス、ある程度乗れるようになれば四月から五月にかけて北の僻遠《へきえん》をメザシマス、と軽やかに宣言したところで、地元イヌイットにすれば鼻で笑っちゃうような話で、その先には犬との泥沼のような格闘の日々が待っている。この犬への罵声と逆上の日々を乗り越えないかぎり、私が夢想する北極圏無目的長期漂泊旅行は到底実現しえないのである。

いや、犬橇をやっている以上、もしかしたらこの犬への罵声と逆上の日々に終わりはないのではないか、と私は疑っているほどだ。

この原稿（『中央公論』二〇一九年一〇月号）を書いているのは、犬橇の訓練をはじめてからちょうど二カ月が経った二〇一九年三月十七日であるが、誤解をおそれずにいうと、この二カ月間、私は一瞬たりとも自分の犬どもをかわいいと思ったことがない。一瞬たりともだ。信じられるだろうか？

だいたい犬というのは人間からかわいく見えるようにできている。というのも犬は、太古の荒野で人間とともに生活したほうが生存に有利であると種全体で本能的に直観し、人間に取り入るために「かわいいね、この動物、家に連れて帰ろうか」と思わせるように進化した動物だからである。そのネオテニー化した容貌は、人間の感性の〈かわいいスイッチ〉を刺激するようにDNA設計されている。日本で犬をペットにする人は犬をかわいいから飼うのだし、私も人並みに犬をかわいいと思うので、妻に時々「娘も欲しがっているし犬を飼ってもいいんじゃないか」と提案することもあるのだが、しかし、犬橇で扱う犬はかわいくない。正確にいえば、犬橇をやらない人が私の犬を見たらかわいいと思うだろうが、その容姿がかわいい犬とともに犬橇をやると、その犬は存在としてかわいくなくなる。つまり犬橇では、本来真理であるはずの〈犬＝かわいい〉という進化の原則が適用されない、との驚嘆すべき事態が生じるのだ。

ちなみに、かわいいと思ったことはないが、こいつらいつか全員ぶっ殺してやる、と思ったことは何度もある。というか、ほぼ毎日そう思っている。それぐらいかわいいと思えない。

犬橇の犬はなぜかわいくないのか。

それは犬たちが私の言うことを聞かず、常に私のまわりで混乱を巻き起こし、状況を滅茶苦茶にするからだ。あっちこっち動きまわって私の脚を引綱でぐるぐる巻きにし、いきなり走り出して私をひっくり返らせる。新しい犬が仲間に加わるとすぐに喧嘩をおっぱじめて、全頭参加の大騒動に発展し、せっかく加わった仲間が怪我をして動けなくなる。何日教育しても橇を引けるようにならない、図体だけでかくて飯ばかり食う馬鹿犬はいるし、リーダー犬は左に行けと指示しても、どんどん右にずれていくし、ちょっと傾斜の強い上りになっただけで全員一歩も動かず、「こんなところ登れるわけねーだろ」みたいな馬鹿にした目つきで私のことを見るし、挙句の果てには引綱を咬みちぎって逃げ出し、まる二日間逃亡するクソ犬まで出てくる始末だ。

毎日毎日犬に引っ掻きまわされて、すべてが全然うまくいかず、いつも私はいらいらし、犬の挙動の何もかもが腹立たしくなり、連日村のなかで「てめえら、いい加減にしろや！」と日本語でわめきちらしている。

引綱を食いちぎって逃げた例のクソ犬がつかまらず、我慢ならなくなった私は昨晩、妻に国際電話をかけ、犬への思いの丈、つまり罵詈雑言を一方的にまくしたてた。

「おれはね、犬橇をはじめてから本当に犬をかわいいと思ったことがない。橇を引く犬はいい犬だと思うけど、かわいいとは思わない。橇を引かない犬なんか、コイツいつぶち殺してやろうかとしか思わんね。こっちの人は使えない犬は処分しちゃうけど、つまり殺しちゃうってことなんだけど、その気持ちがよくわかるよ。橇を引かない犬なんて存在論的に無価値だ。とにかく言うことは聞かないし、喧嘩して怪我ばかりしてるし、腹が立ってしょうがない。腸《はらわた》が煮えくり返るとはこのことだ。今日も犬が一匹逃げ出して、追いかけるおれの姿を見た途端、海のほうに走ってもどってこないんだ。そして、ほとぼりが冷めたら村にもどってきて気に入った雌犬といちゃついている。クソどもが、本当に……」

一方的に文句を言うとストレスが解消して多少せいせいしたが、もともと犬好きな妻は「怖いんだけど……」と完全にドン引きしていた。そして、育児ストレスに近いものがあるとおもしろい感想を述べたが、なるほど、言うことを聞かないわが子と二十四時間顔をつきあわせる母親の苛立ちは、これに近いのか、と妙に得心した。

育児が赤子との格闘なのと同じように、犬橇は犬との格闘だ。犬の訓練、調教に自分の命が懸かっているので、なれあいではなく同じ生き物同士、同じ地平に立って真剣に対峙《たいじ》する。だから言うことを聞かないと、おれもこんなに怒ることができるのかと驚くぐらい、煮えたぎるような怒りがわいてくる。

少し冷静になって話をもどそう。

今回のチーム編成の経緯を簡単に記すと、一月中旬にシオラパルクに来て、すぐにでも犬橇訓練を開始したかった私は、まず、すでに犬橇へのやる気が失せ、楽して金が欲しい村人Aから三頭の犬を購入することとした。

次に犬を買わないかともちかけてきたのは、猟をほとんどやらず餌の確保が難しい、村の売店に勤務するUという若者だった。このUの家は伝統的に犬への餌やりが悪く、小さくて貧相な犬ばかりなので、私は嫌だなと思ったが、そう邪険にもできずに渋々見に行くと、これがまた想像以上にみすぼらしい目の濁ったうす汚い老犬で、完全に断りたい、もう勘弁してもらいたい、と思ったものの、今後のつきあいもあるし格安だったため仕方なく応じた。この四頭にくわえ、もともと私には毎年、一緒に橇を引いて長旅を共にしてきた五年来の相棒の犬がおり、この五頭で犬橇活動がスタートとなった。

はじめての犬橇訓練の日、真昼でも群青色系の暗い色調が空を覆う憂鬱な極夜のなか、私はその五頭を引きつれて、よたよたと定着氷（海岸に固着した海氷）の上に立った。最初の関門は犬が私の後ろについてきてくれるかだ。鞭を振るい「アハ、アハ」と声を出すと、ありがたいことに犬たちは私の後を歩いてきた。まずは第一関門突破だ。言わずもがなだが、「アハ、アハ」という間の抜けたかけ声は犬を誘導するときのイヌイット語の合図である。

そのまま定着氷から海氷に下りて「デイマ」と出発の合図を出すと、犬たちは猛然とダッシュし、私は後ろからすごい勢いでやってくる橇に必死で飛び乗った。予想もしていなかったことに一発で犬橇に乗れたのだ。

だが、最初にできたのはここまでだった。右や左の号令はおろか、犬たちは止まれという合図にも反応しない。壊れた暴走機関車のようにどこまでも、いつまでも全力で走っていく。私は「アイー！　アイー！」と止まれの合図を絶叫し、じわじわ橇の先端に移動して太いロープの輪っかをランナーの先端にひっかけて、ブレーキをきかせて何とか止まらせたが、そのブレーキが無ければどこまでつき進んだのか、わかったものではない。これはまたじつに恐ろしい乗り物だ、というのがこのときの率直な感想であった。

犬をチームとして機能させるには、まず先導犬を決めなければならない。先導犬は一番前で右！　左！　停止！　といった人間の指示にしたがって集団を導く役割の犬で、ほかの犬は金魚の糞のごとくそれについてゆく。先導犬をあやつることで人間は犬たちの動きをコントロールするのだから、ひとまず大事なのは人間と先導犬との意思疎通、ということになる。

幸運だったのは、すでに犬橇への意欲をうしなっていた例の村人Aが売ってくれた三頭のなかに、先導経験豊富なベテランの黒犬がいたことだ。私はひとまずその黒犬をわがチームの先導犬にした。しかし経験豊富な犬とはいえ、開始からしばらくはなかなか私の指示を理解してくれなかった。地元イヌイットは、左に向きを変えるときは「ハゴ、ハゴ」と合図しながら犬の右側に鞭を振るい、反対に右に行きたいときは「アッチョ、アッチョ」と声をかけて左側に鞭を振るうのだが、まだ鞭振りが下手なうえに、ハゴやアッチョの発音が地元の人と微妙にちがうため、どうしてもこちらの意図が犬に伝わらないのだ。

曲がってほしいのに曲がらないし、止まれの合図にも反応しない。おまけに例のみすぼらしい老犬が私に全然なつかず、急に村にむかって走り出し、ほかの犬もその動きにつられて一斉に猛然と勝手に帰還を開始するなど腹立たしいことがつづき、何度も怒りを爆発させては、その後、家に帰って「また怒鳴ってしまった」と反省する日々がつづいた。

それでも連日やっていると、犬も私の指示に反応するようになるし、私も次第に犬の扱いに慣れてくる。ある程度、慣れた段階で、少し頭数を増やすことにした。一カ月以上の長期旅行をおこなうには最低でも八頭から十頭は集めたいところだ。最初の五頭は経験豊富な四歳から六歳の充実した犬を即戦力として選んだが、中年犬、老犬ばかりだと何年かたったら全員年寄りばかりになってパワーが落ちるので、若い犬もくわえる必要がある。五頭態勢が軌道に乗ったところで、私は村の電気技師Pから二歳の犬を、また五十キロほど離れたカナックという隣町にはじめて旅行したときに猟師Mから一歳と二歳の犬を購入した。その後、開始から一カ月の時点でさらに犬を追加し、この年は十頭まで増やして訓練をつづけた。

三月に入ってからは氷河での荷上げ訓練が中心となった。シオラパルクより北にむかうには、まずは近くの氷河を登り、氷床を越えて、その先の海に出ないといけない。この最初の氷河は急な部分が多く、犬橇で旅する場合には荷も大量となるため、事前に何度も運びあげておく必要がある。

昔の強かった犬ならいざ知らず、最近の犬は近海で狩りをするのに使われるのがせいぜいで、長旅などほとんど経験がないので、氷河登りも訓練で慣れさせせないといけない。最初に氷河を登ったときは、軽い橇を使い、荷物も百二十キロしか積んでいなかったにもかかわらず、犬たちはまったく登れなかった。どうやら経験がないせいで、氷河は登るところだという認識がなかったようだ。少し傾斜が強くなっただけで全員が示しあわせたかのようにその場に停止し、怒鳴ろうが、鞭を振ろうが、蹴っ飛ばそうが、微動だにしない。

犬が登ろうとしないので、翌日、私は前年まで使っていた人力橇用のハーネスをとりだし、犬の先頭に立って橇を引いた。私が無理矢理橇を引いて登りはじめたので、犬たちも、こんな急坂登れるの？　と半信半疑ながらついてこざるをえず、結果、その日は私が導くかたちで氷河の最下段の一番急なところを登りきった。すると、犬にとっても成功体験というのは重要なようで、一度登ると次からは少し慣れて、私が引かなくてもこの急坂を登ることができるようになった。やがて何度も何度も登っているうちに登ることが当たり前になっていき、荷上げの最終段階になると、村を出発して十五キロ先の氷河まで走り、標高差千メートルの氷河を一気に最上部まで荷上げし、その日のうちに村にもどるという長時間行動まで可能となったのだった。

はじめはまったく統制がきかなかったのに、走れば走るほど、バラバラな個であった私と犬はひとつの集団として、意志の統一された塊となって動けるようになる。この過程のなかには、橇作りで感じたのと同様の、自分の行為に自分が本質的に関わっていることからくる手応えがあった。犬橇の旅は犬が走ってくれないと話にならず、犬が走らなくなってしまったらその時点でお手上げだ。その意味では他力なのだが、訓練をつうじて徹底的に犬と関わることで、この他力は自力へと転換する。一体感が増してゆく過程を犬と共有することで、私の過去が犬にのりうつり、犬のほうの過去が私にのびてきているのかはわからないのだが、ともかく私には犬にたいして自分の一部が憑依した分身のような感覚があり、それが増してゆき、愛着も高まってゆく。そして訓練の時間を共有することで犬とのあいだにひとつの物語が作りだされ、この犬どもと一緒に旅をしてみたい、との気持ちがわき、その流れのなかで旅に出たいという欲求がさらに強まる。

何より何度も一緒に走ってお互いの理解を深め、集団としての意思統一を高めることで、危険も回避できるようになる。犬橇の場合はとにかくこれが重要で、訓練により犬橇そのものに内在する危険性を減少させなければ、なかなか怖くて一人で長期旅行をしようなどと思えるものではない。

これまで知らなかったのだが、犬橇というのは非常に危険な乗り物なのである。

4

犬と旅するというと、なんだかほんわかして癒やし系の印象を受けるが、それは完全に犬=かわいいペットという世間の犬像が生みだした虚像、誤解である。実際にはじめてみると、犬橇はこれまでの人力橇よりも三倍から五倍は危険な感じがする。いや、もしかしたら十倍かもしれない。仮におもむく場所が同じでも、犬橇の場合は人力橇よりはるかにリスクが高くなる。それはなぜかというと、犬橇の旅の危険は、荒れ狂う嵐でも、踏み抜いてしまいそうなほど薄い海氷でも、うずたかく積み上がった激しい乱氷帯でもなく、飢えた白熊でもなく、犬橇そのものにあるからである。

犬橇の危険は外側の自然にではなく、その内側にある。具体的に何が危険なのかというと、犬が混乱して瞬間的に暴走してしまうことだ。

犬たちがひとたび暴走をはじめると、人間にはコントロール不能となる。そればかりか、たぶん、犬たち自身も自分の行動をコントロールできなくなるようだ。たとえば犬橇で走っていると氷の突き出した部分や岩などに橇の先端が引っかかって動かなくなることがよくある。そういうときは一度、私が橇から降りて引っかかった先端を外すわけだが、橇が外れた瞬間、解放された犬たちは前に駆け出して止まらなくなり、暴走がはじまる。犬にはつねに前に出ようとする習性があるようで、先端が引っかかって橇がロックされているあいだは動かないが、外れた瞬間に反射的に飛びだすからだ。

暴走は、全頭が同時に駆けだしてはじまるわけではないし、犬たちに走ろうという明確な意志があって起きることでもない。往々にしてそれは一頭の何気ないふるまいからはじまる。どういうことかといえば、犬のなかには性格的に前に行きたがるのが何頭かいて、橇が解放されたときに、そういう前進衝迫症気味の犬が我慢できずに瞬間的に一歩駆けだすのだ。するとほかの犬もその動きにつられて、ついていく。ほかの犬がついていくことで最初に飛びだした一頭がさらに加速し、ほかの犬もそれにつられてさらに……とその相互作用が弾みとなりあっという間に勢いがついて、全頭がその勢いにのみこまれて同じ方向に猛然と駆けだすのである。

つまりどの犬にも暴走しようという意図などないのだが、最初の一頭の前に行こうとする小さな一歩が引き金になり、それが一頭一頭の思惑を超えて制御不能な雪崩《なだれ》と化し、全体が一塊の複雑系のカオスとなって犬たちは暴走するのである。

だから犬がひとたび暴走すると、私が「止まれ」と叫んだところで止まらない。仮に一頭の犬が「やばい、角幡の旦那が止まれと喚《わめ》き狂っている。あとで殺されるかもしれん、恐ろしいことだ」と気づき、速度をゆるめたとしても、全体が一塊の勢いと化しているので、その気づきは暴走濁流のなかにのみこまれる。だから犬が暴走すると乱氷で橇がひっくり返って壊れる可能性もあるし、引綱が私の脚にからまって転倒し、後ろから来る重さ五百キロの橇に轢《ひ》かれる危険もあり、危ないったらありゃしないのだ。

何より怖いのは犬が暴走して自分が置いてきぼりを食らうことである。暴走は犬たちの思惑を超えた瞬間的な事態であるので、一度走り出したら誰にも止められない。犬自身も自分たちの暴走を止められない。犬たちはご主人様を置いてきぼりにしたことに気づかないままどこまでも走り、というか橇が軽くなったことにたぶん気をよくしてさらにスピードアップして、あっという間に地平線のかなたに消えてしまう。

とりわけ注意が必要なのが氷河などでの下り斜面だ。犬橇初年のこの年、荷上げ作業の帰りに犬が暴走し、私は危うくすべての犬を死なせるところだった。

そのとき私はちょうど荷上げを終えたところで、犬が前に駆け出さないように慎重に鞭で動きを制御しながら海への下りを開始したところだった。ところが一瞬、それは本当に一瞬だったのだが、氷河の裸氷（上に雪や砂がのっていないむき出しの氷）の上で右足のチェーンスパイクが滑り、バランスを崩して犬を制御する鞭振りがわずかに遅れた。きっかけはたったそれだけだったのだが、その刹那、前に行きたくて仕方がない前進衝迫症の一頭が、鞭振りの遅れの間隙をつき、一歩脚を前に出した。するとほぼ同時に全頭がその動きにつられて前に進み、先頭の一頭の動きにさらに弾みがついた。これまでに二度ほど氷河の下りで置いていかれた経験のあった私は、それを見たとき、やばいと直感し、反射的に橇後部の梶棒《かじぼう》をつかんで止めようとした。しかし、まにあわなかった。犬たちはかりかりの裸氷に止まらなくなり、またたく間に暴走する一個の塊となって氷河を駆け出したのだ。

「アイー！　アイー！　アウリッチ！」

私は停止のかけ声を叫びつづけたが、絶叫は虚しく氷河内部で反響するだけだった。おそらく犬たちも、後ろからがりがりと恐ろしげな轟音をたてながら追いかけてくる橇が怖くて止まれないのだろう。あれよあれよという間に姿が小さくなり、やがて急斜面のむこうに消えた。私は犬が消えた氷の斜面を茫然と見送りながら、嗚呼、終わった、もう駄目だ、と観念した。というのも、犬たちが疾駆したその先には高さ数十メートルのクレバスだらけのアイスフォールが落ちこみ、そのまま突進すればどう考えても全頭墜死、助かる見込みはなかったからである。

このときは奇跡的に犬がアイスフォール手前の落下寸前のところで急停止したようで、その場でうずくまって私のことを待っていたが、こんな奇跡はそう何度もあるはずがない。このケースを見てもわかるように、犬橇というのは、究極的には自分のコントロールの外側にある犬という他者存在に最終的な移動のイニシアチブをにぎられており、わずかな動きのミスがきっかけで事態が一気に深刻なものに悪化する危険を常時はらんでいる。

単独で旅に出た場合、もちろんこのリスクは〈深刻なもの〉という範疇《はんちゅう》を超えて〈致命的なもの〉に格上げされる。村の近くで犬が暴走して自分が置き去りにされても、犬は帰ってこないかもしれないが、私は歩いて村に帰ることができる。この氷河での事例で犬がもしアイスフォールで墜死したとしても、犬や自作した橇、それにそれまでの訓練がすべて台無しになるという計り知れない損失はあるが、私自身の命に関していえば、それこそ怪我ひとつせず村に帰還できただろう。しかしこれが人間界から隔絶した人跡未踏の地で発生したら、待っているのはほぼ確実に私自身を含めた全員の死である。もし衛星電話を持っていたとしても橇に積んでいるわけだから、それも一緒になくなっている。イヌイットは基本的に犬橇で長期の一人旅はしないとされるが、それがなぜかというとあまりにも危険だからである。

だが、危険な行為であるからこそ、自分の行為に自分が本質的に関われている実感を得ることができる、ということもいえる。私が日々の訓練で感じるのは、犬橇に内在するこの暴走リスクをおさえこみ、共存しつつある、という手応えだ。

一月に犬橇をはじめてから、私は乱氷帯のなかで犬が暴走して借りていた橇を壊したことが一度、引綱が脚にからまり橇に轢かれそうになったことが三度、氷河の下りで置いてきぼりを食らい、幸運にも犬が途中で止まってくれたことが二度と、夥《おびただ》しい数のヒヤリハットミスをくりかえしてきた。危険な目にあっただけではなく、最初は状況を全然コントロールできていないため、訓練に行くたびに装備を落とし、そして紛失した。

最初はこういうミスをすることが本当にショックで、自分には犬橇をやる資格などないの

かではないかと自らの適性を疑いもした。（続き）

ではないか、とやや落ちこんだ。自分が危険な目にあうのは犬橇にリスクが内在しているからではなく、そもそも自分自身に犬橇をやってはいけない何かが内在しているからではないか、私が阿呆だからではないか、と自らの適性を疑いもした。

長年、登山や探検をつづけてきてそれなりに危険な目にもあったが、しかし行為をするのは自分だったので、できるかどうかは別として、みずからを律すれば危機的な状況も乗り越えられるはずだとの楽観がどこかにあった。だが、犬橇はこれまでの行動とは存在様態が根本的にちがって、究極的には、手に負えない異なる他者である犬に行動と判断の最後の部分をゆだねなければならない。そして、その犬どもといえば、状況を渾沌に陥れようと手ぐすね引いて待ちかまえており、たとえば背後を確認しなかったといった些細な手抜かりをおかした瞬間、それがスイッチとなり局面は一気に混乱に陥り、瞬間的に修羅場がおとずれるのである。「えぇぇ、ここでそれが起きるのぉ〜」とびっくりするようなタイミングで……。

だが訓練をつづけることで、こうしたミスも少なくなり、混乱した状況も減っていく。最初はこんな危険な代物で僻遠の地に旅などできるのだろうか、と恐ろしかったが、その不安も少なくなり、危険に対処できるはずだという自信が生まれてきている。

この自信を生みだすのは過程と関係の強化である。訓練をつうじて自分が犬橇に慣れ、寄せ集めだった犬たちのあいだにも仲間意識が生まれ、人馬一体というか人犬一体というか、自分も含めて集団としてのまとまりが生まれつつある。走れば走るほど犬は強くなり、私の指示通りに動くようになる。体力や技術といった目に見える表面的な部分の強化だけでなく、もっとわかりにくい部分、つまり、あ、あの人は今この動きをしたから次にこれをやるんだな、と犬が理解したり、私のほうも、全体の動きがこのような状態になっているときはこの犬は変な動きをするから気をつけないと危ないぞ、と犬の個性を理解したうえで行動を予測できるようになったりと、そんなことが危険の芽の除去につながるわけである。そしてこの、犬をうまく操れている、危険を管理できているとの自信が、この犬どもとなら長旅に出ても大丈夫ではないか、との一段高レベルな信頼を醸成する。

犬とひとつの集団になってゆくプロセスのなかで、私は犬にたいしても橇作りのときと同じように、この犬たちはおれの犬だ、自分の過去が乗りうつった自分の分身なのだ、という憑依感覚をもつようになっている。その証拠に、私は毎日犬を走らせることが楽しみで仕方がないのだ。

犬はひたすら混乱要因で、全然かわいくないし、今も罵声と苛立ちの対象でしかなく、毎日訓練が終わって家に帰るたびに「あの、くそったれがぁ」と怒りに震えるのだが、しかし不思議なことにその一時間のちには、今日は駄目だったけど明日は走るだろうとか、明日こそ氷河を上まで登れるかもしれないぞ、といった期待が渦巻きはじめ、早く明日になってまた犬橇を走らせたい、とうずうずする。

明日はうまくいくのではないかというこの期待こそ、僻遠の地への旅が実現するはずだというさらに大きな期待につながっている。時間と労力をかけてつちかった犬との関係のはざまから、新しい可能性が切り拓かれてゆく。

関わりの過程から新しい何かが生成してくる、この感覚がとても興味深い。

犬橇だけでなく、人生とはこんなふうに転がってゆくのか、とそんなことを考えることが最近は多くなった。

第四章

漂泊という〈思いつき〉

——事態について　その一

1

三十五歳ぐらいまでだろうか、若い頃、私はあまり関わることの意味について思いを巡らせたことがなかった。というのも、関わることを象徴するもっとも劇的な現象はやはり人間関係にあらわれるものなのだと思うが、その肝心の人間関係という点について、生来、私はこれを築くのがあまり得意ではなく、人づきあいの結果、人生の航路が大きく変わってしまったよ、との経験がほとんどなかったからである。

いや、もしかしたら、あったのかもしれない。というか、なかったはずがない。あったじゃないか、あれがそうだよ、と今ふりかえればそんな関わりがいくつも思い出せるのだが、とかく人生経験というものが浅かったせいか、まだ知覚センサーとしての身体機能の水準も低く、そこから生まれる直観的な洞察力もゆえにまだまだで、関わることへの意味認識まで到達できていなかった。

と、そんなこんなの要因がたぶん色々とあって、二十代から三十代前半まで、私は、人生は自分の意志でコントロールできるものであるし、かつそうすべきである、自分以外の何ものかによって動じない主体的人格でつらぬかれた生き方こそ、いい生き方である、との強者の思想に凝り固まっていた。

三十代の頃の私を支配していた行動原理は、関わりや事態という概念ではなく、脱システムという考え方だった。

冒険の本質は危険の超克より、むしろ私たちの常識的観念を生みだしている時代や社会のシステムの外側に飛びだすことにあると、私は考えている。今のエベレスト登山を見ればわかるように、システムの内側にとりこまれてしまえば、どうしてもそこにはマニュアルが発生し、それに機械的にしたがうことが成功の早道となり、本来であれば挑戦的な行動の価値をつくりだす試行錯誤のプロセスが、そこから完全に抜け落ちる。だから冒険を冒険として成立させるためには、マニュアルが発生するようなシステムの網の目から離れ、自らをその軛《くびき》から解き放ち、未知の境位に達しなければならない。そしてこの試みが成功し、もし未知の境位に立つことができれば、そこには自由がある。もちろん自由は苦しいのだが、その苦しみのなかで前進することで人は生きた存在になることができるのである、と簡単にまとめればそういう考え方をもっていた。

この脱システムの思想にのっとって冒険の現状を鑑みたところ、現代において冒険が難しいのは、もはや地図の空白部がなくなったから、というより、システムがあまりに強固になりすぎてそこから飛びだすこと自体が難しくなっているからである、さらにいえば、自分の思考回路までシステムに絡めとられてしまって、飛びだすという発想をもつことすらできなくなっているからである、とのカント風の超越論的認識に達し、ではこのような時代においていかなる行動をとれば脱システムすることができるのだろうか、どこにいけばシステムの外側はあるのかなどと、私は脱システムのことばかり考えていたのである。結果、四十歳頃まで脱システム的理想を追い求めて行動をつづけた。

冒険の本質が脱システムにあるという考えは今も変わっていないのだが、三十五歳ぐらいから、それと並行して関わるということについても、じわじわと考えるようになった。

きっかけは北極での旅だった。GPSではなく六分儀で旅をしたときに見えてきた北極という自然環境の相貌の変化、あるいは何度も同じ場所に通うことからくる大地との強固なつながりの感覚、そしてそこから発生する自分自身の変化、これらが私にとってはかなり強烈だったのだ。さらに私はこの時期、結婚もした。結婚においても当然、私生活は変容し、人生はまったく新たな局面をむかえて生活環境は百八十度転換した。子供ができてからは考え方や人生のとらえ方もそれまでとは別もの、といってもいいほど変わった。こうした認識論的転回とでも呼ぶべきものがこの時期にばたばた起こり、なぜこのようなことが起きるのか、こんな変化が生じるのはいったいいかなる仕組みによるものなのか、ということを思索するようになった。実際、認識や生活が変わったということは、私自身の中身、もっといえば本質も変わってしまったわけで、この変化をもたらす関わりの意味や契機をとりだせば、生きるとは何なのかという実存的謎に迫る言葉を手にできる気がしたのである。

人が生きること、すなわちその実存は、若い頃に考えていたように独立した個体として意志を貫徹したその先にあるのではなくて、自分以外の何ものかと関わる、そのはざまにあるのではないかと、私はそんなことを考えるようになっていった。

関わるとは何なのか。ここまでのまとめもかねて、ひとまず私の経験からいえることは、関わることは、まず志向することからはじまるものである。志向的態度、これが関わりが発生するための条件である。

洞窟にこもって瞑想するヨガ行者ならいざ知らず、完璧に、純度百パーセントの状態で孤絶して生きることは人間には不可能だろう。社会生活や家庭生活にともなう人間関係はいわずもがな、たとえ社会から隔絶して森で三十年、仙人暮らしをしている人であっても、木だとか虫だとか水だとか、森のなかの様々なものとのあいだに抜き差しならない関係が生じているはずである。いや、件のヨガ行者でさえ、何か他者との関わりがあり、その結果として洞窟にこもることになったのだろうから、その意味で関わりから完全に遮断されているわけではないといえる。

要するに生きているかぎり、隣に誰かがいるし、何かがある。人でも、動物でも、本でも何でもいい。とにかく自分以外の他者がそこにある。何かがある以上、私はその何かに気づき、その何かに顔をむけ、それを見て、意識がそこにむかうだろう。あ、むこうからすごい巨乳が来たとか、あ、ヤクザが来たとか、白熊がいるとか、麝香牛の白骨死体があるとか、べちゃべちゃの湿った大雪が降ってきたとか、今日は沢が増水しているとか、とにかく何かに気づき、それがそこにあると知覚する。気づくことによって、私は志向的態度の第一歩を踏みだしている。そしてその対象が何か自分にとって非常に重大なものであると感じられたとき、私はそちらにぐーっと接近する。巨乳に近づく。ぐいぐい意識を寄せていく。このとき志向する私の意識と、相手の意識が交錯して関わりの第一歩が踏みだされるのだが、関わることで何が生じるかというと、それは摩擦である。関わりの過程ではかならず不快で面倒でとても煩わしい摩擦が生じる。

しかし、この摩擦はじつは重要で、摩擦があるからこそ、人は関わりをつうじてその対象のことを理解できるようになる。

なぜ摩擦が理解につながるのか、というと、これはよく考えたら当たり前で、私には意志があり、基本的には自分を制御しながら生きている（厳密にいえば制御できないということを私はこれから述べようと思っているのだが、ここでは、普段は自分の意志にしたがって行動を起こす、といった程度の意味で理解してもらいたい）。しかし、巨乳でもヤクザでも白熊でも死体でも何でもいいが、むこうはむこうで自分を制御して生きているわけだ。だから私は自分以外の他者であるその対象をコントロールすることはできない。その制御できない他者と関わるということは、何だかよくわからない相手の分身みたいな意識が私のほうに接近してきて接触する、ということだから、これは何が起きるのか読めず、かなり不気味なことである。不気味だから不快だし、こういうのを相手にするのは煩わしいのだが、しかしこの不快さ、煩わしさのなかには相手そのものが存在している、ということでもあるわけだから、この摩擦を経験することは相手を理解することにもつながるだろう。

それが結婚の場合であれば、私と妻とのあいだには頻繁に摩擦が生じるので、口喧嘩もするし、別れ話も出る。そこで嗚呼こいつはこんな奴なんだ、もういいわ、ということで嫌いになればそこで別れて関係遮断となるが、しかしそこで別れずに、摩擦は摩擦としてのこして、こんな一面もあるが、人間は完璧ではないのでそれもまた一興、と受けいれることにしたなら、その関係は一歩前進し、情愛や信頼というものにつながるだろう。

GPSではなく六分儀や読図でナビゲーションをすることで北極への洞察が深まるのも、

摩擦があるからだ。観測のときに耐えなければならない寒さ、そして観測誤差のせいで完全な現在位置がわからないことからくる不安、これらはまぎれもなく私が北極と深く関わったことからくる摩擦であるが、この摩擦があるからこそ、北極はその摩擦のなかに真の本質たる相貌を私にたいして開示する。犬も同じだ。犬橇で旅しようとすると犬は思いどおりにならないので私は犬にたいして、こいつらいつか全員ぶっ殺してやる、との剣呑《けんのん》な感情をいだくが、その意のままにならぬ相手との関係構築を努力することで、犬の個性を把握し、それが危険性の除去につながるなどし、最終的にはその過程をのりこえることで犬橇行為に本質的に関わり、犬橇の何たるかを知ることができる。

テクノロジーが世界疎外を引き起こすのは、対象にむかう志向性が消失することもあるが、関わりが消失して摩擦が生じないことも原因である。

GPSを使うと北極にたいする理解が浅くなるが、これは先ほどの六分儀の例でみたような摩擦がないからであるし、たとえばメールで仕事を依頼したり、SNSで連絡をとったりする場合も、電話にくらべて相手の声をきかず、相手の感情と接する不快さ、煩わしさがないので気楽なわけだが、摩擦がないだけに相手への理解も薄くなる。外国旅行をして現地の人と深く交流すれば、異文化同士の摩擦が生じて不快な思いもするが、それが相手の理解につながりもする。SNS上で外国人にたいして激しい排除と差別の言葉が飛びかうのも、ネット上という仮想空間で実物の相手と関わる機会が欠落してしまったせいで、相手の理解へとつながる摩擦もうしなわれ、偏見や固定観念だけで相手のことを判断してしまうからではないだろうか。

話は少し脱線したが、これまでの議論を下敷きにいえることは、まず関わるとは志向することからはじまり、こちらの一部とむこうの一部が交錯することで摩擦が生じ、そこから相互理解への道が開ける、そうした一連の出来事である。

だがこれではまだ不十分である。これだけでは生きるという実存の動態の秘密にせまったことにはならない。というのも、私の感覚だと、相手との関係をつうじて私の新しい未来が開けてくる、この時間的な運動こそ、関わりのなかに生きることそのものがあると感じられる要因だからである。

関わりのなかから新しい未来が開闢する、そのメカニズムはどうなっているのか。といったところで、その答えはすでに序章で散々書いており、勿体ぶってもしょうがないので、あらためて言及するが、それが何かというと事態なのである。相手との関わりのなかで、私に制御できない状況が出来し、それが成長することで私は結婚するにいたった。この事態こそ、結婚にかかわらず、あらゆる局面で人生をころがし、人格を変容させてゆく動因なのではないか。

そして私は結婚をつうじてこの事態なるものの存在に気づいたとき、ふと思ったのだ。もしかしたら、私が山に登ったり冒険に出たりするのも、同じことなのではないか？　事態にのみこまれたがゆえに、私は犬橇で北極をどこまでも旅したい、などと考えているのではないか？

2

人が冒険をするのはなぜか。危険なのに、どうしてやらずにいられなくなるのか。

これは私自身、ずっといろいろと説明をこころみてきたが、しかし核心には到達できていない、と感じてきた謎だ。自分で選びとってきた行動であるはずなのに、その根拠を自分自身、うまく掬《すく》いきれていない。明確な言葉を行動の真ん中にあたえられていない。しかも冒険は命への危険をともなうのが前提で、人間が本能的に忌み嫌う未知の闇への不安、つまり死の不安を引きうける行動である。世間的にはやりたくないこと、避けるべきこと、そういう範疇に分類される行為である。だから、なぜそれをやるのか、人は皆それを私に訊くのだが、私にもそこがよくわからなかった。自分にとって決定的な行動であるはずなのに、その理由に明確な言葉をあたえられないということは、行動にいたるまでの決断のなかに何か重大な欠落があるからではないか、とそんなもどかしさを私は感じてきたのだった。

冒険の謎に言葉をあたえたいのは、ほかにも理由があった。

今述べたように冒険は、その行為それ自体に死の可能性をふくんでいる。日常的な生活のなかにも死の危険は当然存在する——たとえば今日、私は交通事故で死ぬかもしれない——わけだが、しかし冒険のリスクはこの日常のリスクとはことなる位相にある。何がちがうのかといえば、日常的なリスクのほうに私の意志は介在していない。たしかに私は今日、交通事故で死ぬかもしれないが、家を出るときに今日は交通事故で死ぬかもしれないぞ、でもそのリスクを冒してでもコンビニにアイスを買いに行くぞ、などとは思っていない。ところが冒険の場合は、このリスクを意識しながら、それを引きうけ、乗り越えることを前提に行為している。谷川岳の岩壁を一人で登攀するとき、登攀者は死の恐怖を消化したうえで肉体的なパフォーマンスを維持するのであって、その行動における死のあらわれ方は、コンビニにアイスを買いに行く途中で発生する交通事故のリスクとは全然ちがう。

それをしなかった場合に隠蔽されていた死が、それをすることによって顕在化する。冒険における死の危険は、そのような意味で絶対的なものとして目の前にある。それゆえ、こうした死を前面に立てている冒険者の行動を理解することは、逆に万人共通の人の生を考えることにもつながるのではないか、そういう転回的な機序《きじょ》をもつのではないか、というふうに考えられる。

人は誰しも人生の時間のながれのなかで幸福であろうと願い、それぞれが幸福をもとめて努力している。人が死をおそれるのは、その生の営みが遮断されてしまうからだ。ところが冒険者の行動は、その死というものを、わざわざ見えないところからとりだしてきて、可視化し、それを引きうける、という構造になっている。ということは、冒険に乗り出すとき、冒険者は万人が追い求める幸福追求よりも上位の生の意味があるということを、自覚しないながらもうっすら認識したうえで行動している、ということになる。生に終止符をうつ死は、それゆえ生全体をつつみこんでおり、それだけに、そのような死の危険を前提とした行動のなかには生の営みそのものの意味がふくまれているはずなのである。

冒険的な極地旅行を毎年のように試みている一人の人間として、なぜ自分はそれをやるのかという、この、私という存在の奥深くに秘められたもっとも私的な部分を突破できれば、そこから、人はなぜ生きるのかという普遍的な領野につづく回路が開けるはずである。そんな思いがあったからこそ、自分が何で山に登ったり極地に行ったりするのか、ということを陰に陽に考えてきた。

そして、もしかしたら事態という概念がその秘密の回路をこじあける鍵概念になるのではないか、と気づいたのだった。

私は今、毎年のように北極に通って長期旅行を実践している。第三章の冒頭で〈グリーンランド北部の自然に固執している〉〈この地でやりのこしたことがあると感じている〉と書き、〈やりのこしているというより、正確にいえばこれは、ひとつの旅が終わると、その旅の過程で次の旅の主題が澎湃として浮上し、その新たな主題でこのグリーンランド北部をまた旅してみたいとの不可解な衝動が湧き起こってそれを自分でもおさえきれない、といった状態である〉と記したが、この自分自身の極私的な現状をもっと厳密にふりかえることで、私は、人が冒険に出る、あるいは山に登る、もっといえば何か新しい物事に挑まざるをえなくなる、その構造について解明できるはずだと期待している。

というわけで、ひとまず北極で毎年実践している探検旅行の中身を、ざっと大雑把にふりかえってみたいと思うのだが、では私が今、何を主題に旅をしているかというと、それは狩りである。狩猟者の視点で北極の大地をとらえることで、地図に描画された表面的な北極とは別の意味的世界を見つけだし、その新たな意味的世界で北極の大地全体を再構成し、その再構成された世界を旅したい、というのが今の私の主題である。私はこの、地図には表現されていない北極のもうひとつの意味世界を〈裸の大地〉と呼んでいる。だから私が今やろうとしているのは北極探検ではなく〈裸の大地〉探検である。

といっても、これでは抽象的で何をいっているのかよくわからないと思うので、おいおいわかりやすく説明しようと思うのだが、その前に、本書の趣旨からいうと〈裸の大地〉探検の中身よりも、なぜ私が〈裸の大地〉探検なるものを考えるようになったのか、その経緯のほうが重要である。

私はなぜ、どのような過程をへて〈裸の大地〉探検にたどりついたのか。

3

どこまでさかのぼっていいのか難しいが、とりあえずはじめて北極に行ったあたりのことから話をはじめよう。

本書でもすでに何度か触れたが、私の最初の北極行は二〇一一年に冒険家の荻田泰永とおこなった極北カナダでの長期徒歩旅行である。

この旅に出た動機は、じつは私のなかではややねじれたものになっている。当時の私はすでに極夜という冬の極地におとずれる二十四時間の闇に関心があり、橇を引いて旅行するなり、石小屋をつくって越冬するなりして、極夜世界を堪能、洞察したいと考えていた。だがそのときはまだ極夜どころか極地に行った経験すら皆無、さすがにいきなり冬の極地は無理ではないか、と常識的に判断し、最終的には友人の荻田を誘って、一番オーソドックスな季節に、現代の極地旅行の標準的なやり方で旅をすることにしたのである。それがこのときの旅であった。

オーソドックスな季節というのは、すでに太陽が高く昇って明るくなり、しかもまだ気温が低くて海氷の結氷状態のよい三月から五月、そして標準的なやり方とは、軽量で頑丈なプラスチックの橇に栄養価の高い食料を積みこみ、機能的な化学繊維の衣類に身をつつみ、G

ＰＳや衛星電話で通信態勢をととのえ、目的地めざして合理的に進む、という旅のスタイルのことである。

私たちは若くて馬力があったし、荻田の豊富な極地経験のおかげもあり、結果的にこの旅は事前の計画どおり、北緯七十四度のレゾリュートから同六十四度のベイカー湖まで、途中の集落での一度の休憩をはさんでのことだが、トータルで千六百キロもの距離を踏破することに成功した。結果だけ見れば満足すべきだったのだが、しかし私は旅の途中から、どうも自分が求めている方向性とはちょっとちがうんじゃないか、という虚無感をかかえていた。この虚無感がどこからきていたかというと、それは旅のスタイルであり、とりわけ第一章でくわしく考察したＧＰＳの使用である。最終的な現在地の把握をＧＰＳにたよっていたせいで、北極という旅の舞台と私とのあいだの関わりが遮断され、それが、自分は今北極にいるけれどその北極から切り離されてしまっているという奇妙な遊離感、すなわち世界疎外を生みだしていたのである。

と、これはもう散々書いた話であるが、ここであらためて注目したいのは次のステップにむかう契機の部分である。

現代的なテクノロジーの罪悪について認識した私は、翌年の極夜探検のプロジェクトからＧＰＳに頼らないことを決めた。しかし探検が移動行為である以上、それにかわるなんらかの方法で現在地をもとめなければならない。そこで浮上したのが天測である。天測であれば自然物である天体を観測して位置を決めるわけだから自分の主体性は保持される。何もしなくても答えが与えられるＧＰＳとちがって、観測というこちら側の行為をつうじて、北極にたいして志向的にはたらきかけなければ現在位置はわからない。カーナビではなく地図で車を運転するときと同じように、こうした外の世界へのはたらきかけをつうじて、私と北極とのあいだには関わりが生じ、それがその土地との一体感を生みだし遊離感は解消されるはずだ。そう考えたわけだ。

ＧＰＳではなく天測でナビゲーションすることを決めた私は、まず二〇一二年冬、極北カナダでの準備旅行で実際に一カ月ほど極夜の闇のなかを天測で歩いてみた。二〇一四年からグリーンランドに活動の舞台を移してからも、ＧＰＳの使用を自分に禁じた。四カ月以上と見積もっていた極夜探検の本番のため、私は一頭の犬とともに橇を引き、あるいはカヤックを漕いで、探検の途中に立ちよる無人小屋に必要な物資を何度もはこんだが、のべ約百三十日にわたるこの一連のデポ設置旅行のあいだも、一貫して天測と読図のみでナビゲーションをおこなった。

すると、ＧＰＳ無しで何度も同じ場所にかよっているうちに、私の意識の内部でなにやら不思議な認識の変化が生じた。ＧＰＳを使わないで旅をしたことで、また別の次なるステップがあらわれたのである。そのステップとは土地や行為にたいする関与の感覚だ。

グリーンランドの大地は、カナダほどではないものの、それでもツンドラや氷床といった起伏のない無特徴な土地が広漠とひろがっている。しかし、そのようなのっぺりとした土地にも、やはり微妙な特徴があり、こちらがＧＰＳを持たずに必死で現在地を把握しようとすると、その志向性に反応して、土地がその特徴を露わにする。つまり自分が地図上のどこにいるのか知ろうとして必死にあたりを見まわすと、見覚えのある地形を発見し、それが目印となり、ああ、自分は今ここにいるのかと安心できるわけである。

これは当たり前のようであるが、一方でとても重要な発見だった。ＧＰＳを使うと機械が勝手に作動するため、別に風景を見なくても位置がわかってしまう。だから土地の風景はこちらにとって本質的ではなく、別にそこに何があろうとどうでもよくなり、ただ通過するだけになる。ところが天測や読図でナビゲーションしただけで、ＧＰＳでは切りすてられた風景との深いつながりが見事に復活し、その土地がそれ固有の風貌をもって私に語りかけてくるのだ。つまり、その土地を目印にすることで私は位置を発見して生きることができているわけで、その、そこにしかない世界で唯一の地形が私を生の世界につなぎとめる紐帯《ちゅうたい》、私の生に不可欠な存在となっているのである。強烈な関与感覚だった。

関与感覚をもたらしたのはナビゲーションだけではなかった。旅の途中で食料が枯渇すると、私はたびたびライフルで兎《うさぎ》や麝香牛を仕留め、その肉を食いつないで村にもどった。こうした狩猟行為を通じても、対象となる獲物や大地との関わりを感じないではいられなかったし、またグリーンランドに来てから私はプラスチック製の橇をやめてイヌイット式の木橇を自作して使うようになったのだが、橇を製作することでもおのれの行為への関与感覚は深まった。旅をすればするほど自分が北極の深いところに、あるいは行為そのものに入りこんでいっている、との感覚が強まり、私はその感覚になかば酔った。

この関与感覚が最高潮に達したのが、二〇一六年から一七年冬におこなった極夜探検の本番だった。

この旅はトラブルの連続で、呪われているのではないかというほどうまくいかなかった。最初の氷河では巨大な嵐に見舞われて、現在地把握の切り札だった天測用の六分儀が吹き飛ばされてしまい、無人小屋に着いたら着いたで、事前に幾度にもわけてはこんでいた例の備蓄食料がすべて白熊に食い荒らされている始末である。食料が足りず村にもどることさえままならなくなった私は、闇のなか獲物となる麝香牛をもとめて闇夜を彷徨い、旅は事前の心づもりとはまったくことなる展開となった。

予定どおり事を完遂する、という意味ではこの探検は全然うまくいかなかったのだが、予定とは異なる筋書きとなったことで、逆に私は闇世界の泥沼にはまりこみ、予期せぬかたちで極夜の深奥とでもいうべき地点に立つことになった。そもそもどこかに到達することより、いかに深く極夜世界に入りこむかがこのときのテーマの核心だったことを思うと、この探検は計画が挫折したことで極夜の洞察が深まった、つまり失敗したことが逆に成功となったわけで、その意味ではじつに不思議な旅だったのだ。探検が終わって人心地ついた後で、私は次のような感慨をいだいた。極夜という絶悪な状況のなかで旅を完遂できたのも、デポを設置するためそれまで何度もグリーンランド北部を歩きつくし、土地との関わりを深めていたからである、と。

六分儀がない状態でどのように現在地を把握したかというと、それはものすごくアナログな身体知、経験知によってである。たとえば風が強く、地面が吹きさらしになっている場所に出たときには、おれは以前にもこの近くで同じような雪面状況の場所に出たことがあるぞ、とか、闇に目が慣れてきて、ふと、近くの尾根の稜線が判別できたときには、あの稜線のかたちを知っているぞ、といったように急に記憶がよみがえり、それが居場所の特定につながったことが何度かあったのだが、そんな感覚が生じたのもデポ設置旅行のときに何度も同じ場所を行き来し、私と土地とのあいだに深い関わりが生じていたからである。食料確保のために麝香牛の棲息場所の見当をつけることができたのも、以前に何度かこの動物を仕留めたことがあり、どのような場所で群れを作るか知っていたからだ。また、猛烈な吹雪の氷床で帰路となる氷河にたどりつくことができたのも、氷床上の所々に散在する、一見《いちげん》の旅行者には何の目印にもならないようなこんもりとした盛りあがりや、微妙なへこみなどを目印として活用できたからである。

つまりこういうことだ。この極夜探検はテクノロジーに依存するのではなく、自分から北極の大地に手をつっこみ、そして土地と直接関わるという過去の過程があって、はじめて可能になった旅だった。探検が終わって私が手にしたもの、それは土地と深く関わることではじめて可能となる旅があるのだ、という新たな認識だったのである。

新たな認識が生まれると、また次の探検の主題がおのずと浮かんでくる。

極夜探検で、私はグリーンランド北部の土地についてやたらと詳しくなっている自分に気づいた。別にくわしくなろうと意図していたわけではなかったが、いつのまにやらそうなっている自分がいて、それが極夜探検の成功につながった。じつは当初、極夜探検が終わったらグリーンランドからカナダに活動の舞台を移そうと考えていたのだが、こうなると、深い関わりのできたこの土地から離れるのも何だかもったいない気もする。新しい場所に行くよりも、知らず知らず培われたこの土地との関係を拠り所にすれば、従来の探検を刷新するより新しい探検につながるかもしれない、そんなふうにも思えた。

そこで私の脳裏に浮上したのは狩りを前提とした旅だった。天測、関与につづく北極第三のステップだ。

それまでも私は何度か旅の途中で出会った野生動物を撃ちとめ、食料にしてきたが、それはたまたまばったり行きあった動物を獲って空腹を癒やしたというだけ、もともと決まっていた目的地が変化するわけでもなく、その意味では猟の結果によって旅の構造は揺らがない。

だが、最初から食料を狩りに依存すれば、獲物が獲れれば食料が手に入ってさらに遠くまで行ける一方、失敗したらとっとと帰らなければならないわけだから、期間や目標地点そのものが旅の途中で流動的に変わることになる。つまり狩りを前提とするのとそうでないのとでは、旅における時間の流れ方が完全に逆流するはずである。

ただ、狩りを前提に旅するには、どこにどんな獲物が棲んでいるのかというローカルな土地の知識が必要だ。普通、外から来た探検家や旅行者にはそんな知識はないので、狩り前提の旅をすることなど思いつかない。だがこのとき、私には、今の自分にはその知識がある、と思えた。そこに私は興奮した。狩りという旅の成否をわける行為の根幹に、自分がこれまで培った土地との関わりが存在している。この狩猟旅行という新しい旅のかたちを生みだしたのは、過去の活動の結果できあがった私とグリーンランドとのあいだの関係性なのだ。

こうして何やらむくむくと立ちあがってきた狩猟旅行という思いつきに押し流されるように、極夜探検の翌二〇一八年春に私はそれを実行した。その結果、犬のぶんと合わせて約四十五日分の食料を持って出発し、途中で手に入れた動物の肉を食いながら、終わってみればじつに七十五日ものあいだグリーンランド北部を漂泊することになった。

そして、この旅でも土地との関係はさらに深まり、土地にたいする私の認識はいっそう改変をくわえられた。どう変わったのかというと、狩猟前提で北極をさすらううちに、風景や土地を見る視点がいつしか狩猟者のそれに変容していたのである。

土地と関わり徐々に知識を深めてきたとはいえ、それまでの私はどちらかといえば到達主義的な視点から脱却できていなかった。

到達主義的な視点とは、どこか目的地を設定して、そこに到達することを至上命題とする近代的視点のことである。登山でも極地旅行でも何でもいいのだが、いわゆる冒険とよばれる行為は、基本的にはどれもこれも地理上のどこか一点にゴールを据えた到達主義的行動である。しかしこの視点で旅をすると思考回路も、もう到達できればひとまず何でもよいと到達一辺倒になり、効率性と直進性を重視するようになるため、途中の風景の意味を切りすてがちになる。簡単にいえば意味があるのはゴールだけなわけだから、まわりの風景に何か変化や特徴があっても、そんなものにいちいち関わりあっていると時間がかかってゴールに到達できなくなるかもしれず、それは非効率なことなので無視したほうがよい、という発想になる。冒険にかかわらず、近代以降の文明人の思考回路は一事が万事、そんなふうにできている。

ところが、狩りを前提にするとそういうわけにはいかなくなる。獲物を獲らなければ食料が手に入らない以上、狩猟者にとっては獲物があらわれるかどうかがすべてであり、その土地、その瞬間の風景に決定的な意味が生じ、そこに組みこまれるからである。

このような狩猟者の視点で風景を眺めるようになると、世界は非常に変化に富んだものとなり、まるで凸凹《でこぼこ》に見えるようになる。狩猟者にとって獲物がいる土地が〈いい土地〉だ。獲物がいる場所、いない場所、麝香牛が多いのはどこで、兎はどこで獲れ、海豹を見かけるのはどの海か。このような特質が重要なので、土地ごとの風景に相違が発生し、意味が隆起したり陥没したりする。到達主義的視点では封印され、それぞれの意味が切りすてられて均質なものとしてあつかわれていた土地たちが、狩猟者の視点で見た途端、急に息を吹きかえし固有の物語を語りはじめるのである。

狩猟者視点で風景をとらえ直しただけで、到達主義的な視点で見えていた均質な世界像はがらがらと崩壊し、その瓦礫のなかからまったく新しい世界像が立ちあがる。二〇一一年以来、北極に通った結果として、私の前には狩猟者視点で構築された〈裸の大地〉を探検するという主題が立ちあがってきたのである。

4

こうして自分自身の北極探検の個人史をあらためてふりかえると、ずいぶんと遠くへ来たものだ、との感慨を禁じえない。わずか七年でここまで変わるか、という変容ぶりで、われながら笑えてくるほどである。はじめて北極におもむいた二〇一一年の時点で、私は今のような活動をすることなど寸毫《すんごう》も想定していなかった。当初は犬橇や狩猟など全然頭になく、極夜を探検することしか考えていなかった。その極夜が終わったら北極からはなれてまた別の未知、未踏の対象を探すつもりだったのに、それがグリーンランドに通いつめたことで、なんだかよくわからないのだが、この心づもりは知らず知らず変形をうけており、今ではあと七年、五十歳までこの土地で探検をつづけ、もっと深いところに、もっと自分にとって意味のある行為に到達したいと望んでいる。

いったいこれはどういうことか。何なのだ、私は、と切に思う。

この私の北極探検における変容、つまり狩りとか犬橇など七年前には考えてもいなかったような方法で旅を実行していること、視点が到達主義的視点から狩猟者視点に変わったこと、土地の関わりが契機となって〈裸の大地〉という奇妙な概念が目の前に立ちあらわれ、それにのみこまれようとしている現状。この経緯は、考えれば考えるほど、結婚にいたったときのそれと同じ構造をなしている。

結婚について論じたとき、私は結婚とは選択ではなく事態だと書いた。結婚するかどうかという問題は、人生設計という論理的で冷静な計算で決まるものではなく、意志や計算や理性を超えた、事態としか呼びようのない制御不能な大波にのみこまれることで生じる、と論じたわけだが、この事態という概念は、「人はなぜ冒険をするのか」という問題を考える際にも完璧に同型的にあてはまるのである。

つまり、人が冒険をするとき、その冒険は事態として立ちあがり、その波にのみこまれている。

読者はもうすっかり忘れてしまっているだろうから、結婚が事態であることを軽くふりかえってみよう。

　結婚は、まず相手と出会うという偶然がきっかけとなる。私の結婚の場合は、大学時代の友人との飲み会に会社の職場女性を連れてきてもらったことから交際がはじまった。この出会いは完全に偶然である。友人が飲み会の面子《メンツ》に、のちに私の妻となる女を選んだことは、彼のそのときの気分で決まったことにすぎず、運命とか必然とか、そういうロマンチックな要素が入りこむ隙間は一ミクロンたりともなかった。結婚が事態に育つには、まずはこの偶然を切りすてるのではなく、肯定することが端緒となる。

　さらにまた、私自身、交際開始時点で彼女との結婚を想定していなかった。しかし交際をはじめて彼女との関わりが生じることで、その事情は微妙に変化する。結婚など望んでいなかったのに、交際開始後、アレ、もしかしたら結婚ってこういう女とするものなのかな、という不思議な感覚をいだき、それがおのずと言動や行動にもあらわれる。女のほうも私の言動や行動の影響で、それに応じて言葉やふるまいが変化する。女の変化を受けて、私の意識や言動もまた変化し、その私の変化を受けて女のほうもさらに一段変化し……と関係性の相互作用のなかで、結婚へとむかう事態がわずかに噴き出し、それが方向性を生みだし、お互いに自覚のないまま累積的に大きくなっていく。やがてそれは、私のもともとの意図や予定などを凌駕《りょうが》し、コントロール不能な巨大な事態となって津波のように立ちあがり、それにのみこまれるように私は結婚することを決める。

たしかに最終的に「結婚しよう」と言葉にしたとき、私は何がしかの決断をしたように見えるが、その瞬間にはすでに私の内部で結婚は事態として生起していた。私が決断したとき、すでにその結婚は決まっていたわけである。

このように事態は、事前の計算や理想や意志といったものとは別の領域で大きくなっていく何かだ。そして事態を成長させる動力は、私の意志ではなく、私と妻となる女とのあいだにできた関係である。

関係性の観点から見た場合、私と妻とはそれぞれ別個に独立して存在しているのではない。人格と人格が重なりあって、部分的に融合、一体化した、そのはざまの部分に、お互いの実存は組みこまれている。

私が何か言う。あるいは行動する。このとき、その言動は独立して意味をなしているのではなく、二人の関係という、ある種の容器のなかに放りこまれ、そこで化学反応を起こすことで、私個人の意図を超えた言動に成長する。もちろん妻の側の言動も同じだ。彼女が何か言い、何かふるまうと、その言動は二人の関係性の容器のなかで化学反応を起こし、新しい様相をもって発現するだろう。私が彼女に何か不用意なことを言えば、その一言は彼女の気持ちを逆なでして、機嫌を損ね、そこから思いもよらぬ言い争いがはじまるかもしれない。そんなことはいつ起こるかわからないし、誰にでもよくあることだ。とくに傷つけようという意図が私になかったとしても、結果としてそれがむこうの敏感な部分を刺激すれば、むこうは「本当にやさしくないよね」などと不機嫌になり、それが思わぬ状況を招き、離婚という結果につながり、私の未来が急に暗転するかもしれない。

私の言動は独立して存在しているのではなく、自分とはちがう、最終的には心の中身が読めない妻という生身の人間を相手にしている。だからその言動がどのような結果を生みだすか私には読めない。関係のなかでは私一人が、おれはこうやるんだ、などと額に血管を浮かべて力んだところでどうにかなるものではない。

このように、それぞれの言動が引き金となって状況を作り出し、そのたびごとに二人の関係性は流動的に変容する。私の未来は自分の意志だけで切り拓かれるわけではないし、妻の未来も彼女の意志のみで作り出されるわけではない。あくまでそれぞれの言葉やふるまいが関係性の容器のなかに放りこまれて、ミキサーにかけられて全然ことなる姿にかたちを変え、そこからもともとの意図を超えた新しい可能性が生じ、二人はその新しい可能性にのみこまれながら生きていく。この新しい可能性が、私のいう事態というやつだ。関係性の容器のなかで育った事態は私の意図を超えているので、根本的に制御不能なのである。

私の感覚としては、まったく同じことが冒険の場合にもあてはまる。ちがうのは事態が生じる相手が結婚の場合は妻という人間だったのにたいして、冒険の場合はその対象、つまり北極である、という点である。

最初に極北カナダに行ったとき、私はＧＰＳを使ったせいで北極という旅の対象とのあいだに乖離《かいり》を感じた、と書いた。これは一見、〈関わりをもつことができていない〉という実感のあらわれのようにも見える。しかしこの実感とて、極北カナダに行って毎日歩くという関わりがあってはじめて生じるものであり、関わりをもてていないとの実感こそ、私と北極とのあいだの関わりの産物にほかならない。そしてそれが、次はGPSではなく天測で旅しようという〈思いつき〉を生みだした。

そう、私はこのとき、それを思いついたのだ。次はこれをやろうという〈思いつき〉、これこそが冒険における事態の正体、人を冒険にむかわせる核心である。というのも、この思いつき=事態にのみこまれたからこそ、私はGPSを放棄し、天測や読図でグリーンランドを歩きまわるようになったわけで、もし、この思いつきが生じなかったら、天測で北極を旅することなどなかったはずだからである。

思いつき、それにのみこまれ、新たな一歩を踏み出したことで、そこからさらなる思いつきが生まれる。

グリーンランドにおもむき、現地のイヌイット文化を間近に観察し、触発されることで、私は橇を製作したり、道中、狩りをして食料を現地調達するようにもなる。するとこれらの試みが契機となり、旅の対象であるグリーンランドの土地とのあいだに、さらに深い関係が築かれる。天測や読図で旅することで自分だけのランドマークができあがり、それが土地との結びつきを深め、さらに狩りをはじめると、どこに獲物が棲息するのかがわかってくる。

何度も同じ土地に通うことで、歩きやすい定着氷の場所や、逆に歩きにくい乱氷のできやすい海、岩がころがり行進不能な谷、氷床から陸上に下りやすいポイント等々、様々な土地の知識がたくわえられる。これらはすべて土地と関わることで生じた、土地とのつながりにほかならない。

土地と関わり知識が豊富になると、新たな旅の地平がひらかれる。土地にたいする深い知識は極夜探検を可能にし、さらには到達主義的な視点ではなく、狩りを前提にした漂泊探検をやろうという、さらに一歩踏みこんだ思いつきを生む。そして実際にその思いつきを具体化して、狩りを前提に七十五日もグリーンランド北部をさまよい歩いてみると、その試みと、はじめて足を踏みいれた新しい土地とが、また別の化学反応を起こして、獲物がいる土地こそ〈いい土地〉だ、次は犬橇をおぼえて〈いい土地〉を見つける旅をしようという、またさらなる思いつきがわきあがる。こうして私は今、〈裸の大地〉探検という、いわば思いつきの最新バージョンにのみこまれており、それを実現するために生きているようなもの、といえるほどになっているのである。

旅をするごとに溶岩のように噴出してくるこれらの思いつきは、探検をして土地と関わり、その土地とのあいだで化学反応が起きた結果、生起するものなので、基本的に私の意図を超えており、火砕流となって私自身を押し流すパワーを秘めている。だから、その次なる探検の主題を思いついたとき、私はそれをやらずにはいられない。結婚と同じで、思いついた時点でそれをやることはすでに決まっているのである。

5

事態という現象の本質をよりクリアにするために、角度を変えて二つの観点から考えてみたいと思う。

一つは、事態が基本的に予期できないことだ。

ここまで見てきたように事態は非常にささいなことがきっかけで生じるので、いつどこでどのように起きるかさっぱりわからない。もし、大学の友人との飲み会の前に、私が気まぐれを起こし、「会社の女の子を連れてきてくれ」などと下心丸出しなことを言わなければ、私の前に結婚という事態は生じず、結果、妻とも一緒にはなっておらず、子供もできていなかったことになる。これはじつに不思議なことで、その場合、おれは今頃何をやっていたんだろう？　との疑問が、私にはすごくある。逆にもし別の場所で、ちょっと気になったあの娘に電話番号を聞いていたら、もしかしたら私の人生は全然別のものになっていたんじゃないか、という別バージョンの疑問もある。つまりちょっとした偶然や出来心がきっかけで、人生はころころ変わってしまうわけで、人生とは本質的に不安定で、今の生活はきわめて脆《ぜい》弱《じゃく》な基盤のうえになりたっているもののようなのである。

どうやら事態のこの予期不可能性は、人間の理性のあり方とは根本的にことなっているようだ。

人間には基本的にリスクを避けようとする本能がある。それはなぜかというと、どのようなリスクであれ、そのリスクを突きつめると、それは最終的には自分の肉体の死につながっているからだ。私たち人間は生きる動物として、一個の生命体として、その死を忌避する本能がある。そして、事態が本質的に内包している予期不可能性こそ、私たちが避けたいリスクのなかでも最たるリスクだ。人は未来が予期不能の闇でおおわれている状態を嫌い、何とかして未来を予期しようとする。逆の見方をすれば、未来を予期できたと思えるとき、私たちは嗚呼よかったと心の平安をえることができる。

この心の平安をえるために、私たちは、世の中は計算可能な要素でできあがっており、その計算可能な要素をつみあげることで未来は予期できる、という架空の秩序だった世界像をこしらえて、そのなかで生きている。

どういうことか、というと、次のようなことである。

誰もが知っていることだが、現実の世界は変化にとみ、どのような出来事が起き、明日はいかなる状況に陥るかわからないわけで、その意味で、現実とは、つねに物事や出来事が生成変化する無秩序な世界である。だから、未来はまったくもって先が読めないのだが、そのような予期不可能な未来は、自分はいつ死ぬのかわからないというのにひとしく、とても不安になるので、できれば目を背けたいところである。じゃあ目を背けるためにはどうしたらいいのかというと、それは簡単で、曲がりなりにも今までつづいてきた過去の日々、すなわち死ななかった自分、これが未来においてもつづくと仮定すればよい。過去の出来事はすでに確定しており、変更することも不可能で、その意味では確固たるものがあり、安定した実績がある。それと同じような日々が明日も、明後日もつづくはずだとみなせば、さしあたりの不安は解消される。

たとえば私は、明日、自分の心臓がとまって死ぬとは考えていない。もちろん死ぬかもしれない。でも、ほぼそういうことはないだろうと漠然とみなしている。なぜそうみなしているかといえば、今までそういうことがなかったからだ。大病を患ったこともないし、不整脈も見つかっていない。登山や探検をつづけてきたおかげで身体は頑健であり、今日も健康だった。だから明日もたぶん健康だろう。うん、ほぼ、まちがいなく健康なはずだ、とこのようにみなしている。そしてこの、自分は明日も健康だという見通しは、客観的にかなり蓋然性が高いと思われる。というのは、四十四年も生きてきたのだから、あと一日ぐらいは生きているだろうという推論はかなり自然だからだ。であるならば、明日もまた同じように私は〈明日自分は死なない〉と思えるはずである。そしてそれは明後日もつづくし、その次の日もつづく。どんどんつづくはずなので、同じ調子で十年後も死んでいないにちがいない……と思えてくる。特に意識はしないが、なんとなくそんな未来を想定している。

このように私たちは過去の実績を未来に延長して、未来を予期した気になって、安心して暮らしている。土砂災害警戒区域に住んでいる人は、今まで裏山が崩れなかったから明日も崩れないと漠然とみなしているし（ちなみに私の自宅の裏は急崖地で土砂災害警戒区域に指定されている）、東電の幹部も今まで津波がこなかったから明日もこないし、十年後もこない、永久にこない、とみなしていた。

未来は本来謎なのに、私たちは何の根拠もなくこれまでの過去が延長されるはずだと考えている。過去の事実をもとに未来を見通すことで、本来であれば予期不可能で変化にとんだ現実世界を、均質的で秩序だった計算のできる仮想世界に認識しなおしている。こういう思考の操作をしているからこそ、本来、謎であるはずの未来に色々と予定を入れたり、何かを計画したりするといった、よく考えたら無茶苦茶なことができるわけである。未来を予期することで安心を得たいという衝動こそが、無秩序な現実のなかに共通項を見つけ出し、それにもとづき分類するという人間の理性を生みだすのである。

しかし、この理性のはたらきは、未来は謎であり、現実とは何が起きるかわからない渾沌とした修羅場である、という真の世界像を見ないことにしているという点で、欺瞞でもある。そのことは実存系、生の哲学系の哲学者にも指摘されてきた。

たとえばベルクソンは〈未来で予見できるのは、過去と似ているもの、つまり、過去のものと似ている要素を使って再構成できるものだけである〉と書いている。ベルクソンによれば、人間の知性の本質的な機能とは〈われわれの振る舞いを照らし出すこと、事物に対する行動を準備すること、ある与えられた状況について、好ましいものであれ好ましくないものであれ、後に続きうる出来事を予見することである。それゆえ、知性は本能的に、ある状況のなかから、既知のものに似ているものを切り離す。つまり、「同じものが同じものを生み出す」という自分の原理を適用できるようにするため、同じものを捜すのである。常識による未来の予見はこのことに存する〉（『創造的進化』合田正人、松井久訳・ちくま学芸文庫）と書いている。

ハイデガーも『ニーチェ』（細谷貞雄監訳、加藤登之男、船橋弘訳・平凡社ライブラリー）で同じようなことを指摘していて、理性による認識は〈図式化〉という言葉でまとめられるとしている。

ハイデガーによると〈生の遂行としての実践は、それ自体において存立確保〉だ。この〈存立確保〉なるものは、〈渾沌を持続的存立とし堅固にすることによってのみ可能〉である。だから〈存立確保としての実践は、押し寄せてくるものごとを或る静止的なもの――形態や図式へ転化することを要求する。実践はそれ自体において――存立確保として――図式への欲求なのである。《実践的要求》とは、形而上学的に思惟するなら、存立確保を可能にする、図式形成への迫動と同じことであり、簡単に言えば、図式欲求である〉という。

一見難解で、きわめて抽象的な文章に思えるが、私なりにかみ砕いて説明するとおそらくハイデガーは次のようなことを言いたいのだと思う。

現実世界は瞬間ごとに事象、事物、出来事、状況が変化する生々流転の修羅場であり、人間にかぎらず生き物がこのような修羅場で暮らすのは非常にしんどいことである。しかし、しんどいからといって、なす術もなく現実の変動におしながされ、首をくくって自死してしまえば元も子もない。生きるためには、情け容赦なく変化が濁流となっておしよせるこの現実世界の過酷さにたえて、踏ん張り、生の足場を確保しなければならない。すなわち生の遂行のための〈存立確保〉である。

では、この〈存立確保〉を得るにはどうしたらいいのかというと、渾沌とした現実の生成変化につきあっていたら存立もへったくれもないわけで、明日心臓がとまるかもしれず、津波もくるかもしれず、やってられない。そこで、ひとまずこの絶え間なき変動、容赦なき渾沌に気づかなかったことにして、世界を固定的で静止的なものとみなしたほうが都合がいい。そのためには渾沌そのものである現実の事象、事物のなかから共通項を見つけ、同じような形態や図式で分類すればよく、そうすることで新しいものが次から次へと発生するこのわけのわからない現実世界も少しは見通しがよくなるだろう。事物事象を分類して未来を予期できれば、それが生の足場になり、脆弱だった私たちの存立もわりあい安定したものになるでしょう。

と、このように、現実を構成する複雑怪奇な諸要素を特定の形態や図式で分類することを、ハイデガーは〈図式化〉とよぶ。一見、規則性がないかのようにみえる非均質的なこの世の事象事物を、馴染みのあるもので〈図式化〉し、一定の基準で統一して計算可能な単位に還元すれば、動的な現実世界を固定的な仮想空間につくりかえることができ、世界は信頼できるもののようにみえてくるはずだ。私たちは知らず知らず理性で世の中を整理整頓して、おのれの生を〈存立確保〉しているのである。

というわけで、私たちは特に自覚のないまま理性をはたらかせて、無秩序な現実世界を、計算でき、人生設計が可能な秩序ある仮想世界におきかえて認識しているのだが、しかし、たとえそうだとしても、ここでひとつ疑問が出てくる。

たしかに私たちは、無常ともいえるこの世の生々流転を、あるがまま受けとめて生きているのではないかもしれない。ベルクソンやハイデガーがいうように、過去の出来事の延長として未来を予期し、そこから心の平安という〈存立確保〉を引きだしている。明日も心臓は止まらない。土砂災害も起きないし、津波で原発事故も発生しないはずだと漠然とみなして暮らしている。でなければ、ハイデガーがいうように渾沌とした現実の濁流におしながされてしまい、つらくて踏ん張ることができないだろう。

しかしそれを認めるとしても、このような理性と計算が人生のすべてを埋めつくしているわけでもないだろう。というより、局面、局面では、ある種の予期不可能性に巻きこまれることで、それまでの自己を超出する何ともいいようのない力が内側から湧きでてきて、おのれの変化を経験できる、そういうこともあるはずだ。そしてじつはそこにこそ、本当に生きていることを感じさせる生の躍動があるのではないか？　理性をはたらかせて世の中を図式化し、未来を見通して〈存立確保〉するだけでは、本当にただの確保に終わってしまい、生が躍動する瞬間には接続されないのではないか？　そして、私たちは誰しもそういうことを経験しているのではないか？

こうした疑問をもって、もう一度、結婚の予期不可能性の問題について考えてみよう。

序章でも触れたとおり、結婚というのはリスクそのものだ。北極探検どころではなく、人生最大のリスクといっても過言ではない。なるほど、普通は、ある程度の交際期間を経ているわけだから、相手のことをおおむね理解したつもりで結婚にいたることが多い。しかし、だからといって完全に相手のことを理解しているわけではない。結婚して一緒に住み、財布のひもを握られてはじめてわかる相手の一面もあるだろうし、そもそも結婚したら相手の人格がどんどん変わっていくということもあるだろう。結婚相手は機械ではないし、ＡＩでもなく、一人一人ちがう心をもち、複雑な感情を有した生身の人間だ。こちら側の感触や解釈を超えた、不気味で底暗くて読めない底意をあわせもっている。ひと言でいえば予期不可能性の塊、渾沌とした現実そのもの、それが生身の人間であり、あなたのパートナーである。

このように冷静に考えたら、どこの馬の骨ともわからない赤の他人と一生を共に過ごそうというのが結婚なのだから、理性の観点からいえばこれは信じがたい暴挙である。なにしろ理性にしたがえば、過去の出来事がそのままつづくと仮定し、未来を予期することで心の平安をえることができるわけで、私たちはそれを前提に来月の予定を決めたり、マイホームを購入したり、人生設計のために貯蓄したりといった社会生活をいとなんでいるのである。

だが、現実の結婚生活はこうした理性によるリスク回避的な未来予期や、計画的な思考回路とはあまりにも異質で、先行き不透明感に満ち満ちている。すごく素敵で優しくて本当にいい人、と思って結婚してみると、実は酒乱で暴力癖のひどい男だったとか、とんでもない守銭奴《しゅせんど》だったとか、束縛の強さが度を越しており一緒にいるのが死ぬほどつらいとか、それこそ相手の人格が原因で結婚生活が破綻する可能性はいくらでもある。最悪の場合には、人生を棒にふる危険もあるわけで、〈存立確保〉どころか存立崩壊が待ちうけているかもしれない。それが結婚のおそるべき現実であるのだが、しかしそんなことは今更いわれなくても誰でも知っているわけだ。

そう考えると、理性で未来予期して合理的に計算していては結婚というものはできないわけで、リスク回避の観点からいえば結婚は狂気の沙汰とさえいえる。

それなのに現実をみると、おかしなことに多くの人が結婚しているのである。理性で判断すれば狂気の沙汰としかいえない暴挙に、多くの人は未来への希望を見出しているのだ。

ということは、やはり結婚は理性によって選択しうるものではないということなのである。

それは、相手と関わりをもつことで、その関係のなかからおのれの意図を超えた制御不能な波が隆起して、それにのみこまれることによって決断にいたった事態なのである。

　要するに、こういうことがいえるのだと思う。私たちは理性や合理的判断だけをよりどころに人生の局面に処していているわけではなく、その理性を超えた事態にのみこまれつつ生きている。そして、事態にのみこまれて行く先が予期不可能であるからこそ、逆にそれは人格の変化をうながし、それまでの自分を超えた新しい自分を生みだす契機となりうるのだ、と。

6

　予期不可能性につづいて、次に意志や意図の観点から事態の事態性をながめてみることにしよう。

　私はここまで、事態はおのれの意図を超える、といったことを何度か書いてきたが、では、意図を超えるとはどういうことかというと、それはこちら側の言動が関わりによって化学反応を起こして想定外のものに発展してしまう、という状態である。

　事態は他者との関わりがあってはじめて生じる。私と他者が重なりあい、その重なりあった部分からお互いの意図が融合し、化学反応を起こして、あるひとつの方向性を生みだす。この方向性は化学反応を起こしているので、もともとの私の意図とはややズレたものになっている。でも私は、関わりのなかから生じたこの新しい方向性に、関わってしまっているがゆえに引きずられずにいられない。そうとは気づかないまま、相手との関係のはざまで自分自身を相手に差しだし、相手もこちらに自分を差しだし、お互い微妙に変化し、絡みあいながら未来にむけて回転運動する。やがてこのもともとの位置からややズレた方向性は徐々に力をためていき、そしてどんどん強くなり、気づくと抗いようのないほどのパワーをたくわえ、やがて私の前に隆起し、結果私はのみこまれる。と、そんな運動モデルで私は事態というものをとらえている。

このように事態は意図を超えて成長し、基本的に制御不能であることを本質とするのだが、この事態の事態性は〈中動態《ちゅうどうたい》〉の観点から見ることで、より明瞭になるだろう。

とはいえ、いきなり中動態なんて耳慣れない言葉を出されても、それはいったい何のことだ、と首をかしげるにちがいない。さもありなん、私自身、國分功一郎『中動態の世界』(医学書院)を読むまで、そんな言葉は聞いたことさえなかった。私ども現代人が中動態について知らなくてもそれは当たり前、なぜなら中動態とは大昔の、もはや存在しない動詞の態《たい》のことだからである。

動詞の態とは、皆さんが中学校の英語の授業で習った能動態とか受動態といったアレのことである。現在の私たちは能動態と受動態をもちいて言語活動をいとなんでおり、それで支障を感じない。だから能動態と受動態以外に動詞の態があった、などといわれてもピンとこないし、そんなものの必要性も感じない。〈～する〉〈～される〉以外に動詞を変化させようとしても、その枠組み自体がこの世に存在しないので、想像することすら能わなくなっているのである。

しかし中動態は現実にあった。古代ギリシアであれば、ホメロスが『イリアス』や『オデュッセイア』をまとめあげていた頃、どうやら人々は中動態で会話をかわし、物語をつむいでいたらしい。それがプラトンとかアリストテレスの時代になると、能動態、受動態の対立にとってかわられ、消失の過渡期にさしかかる。やがて中動態は消えたわけだが、古代人はその消えてしまった動詞の態を使うことで、人間の行為ふるまいをどのようにとらえ表現していたのだろうか。たしかに中動態は消えた古《いにしえ》の動詞の態にすぎない。そういってしまえばそれまでのことだが、一方で動詞は、人間の認識機能をつかさどる言語機構の中心に位置する。だから中動態を考えることは、当時の人たちがみずからの行為ふるまいをどのように認識していたのかを知ることにつながり、人が何かを〈やる〉ことのそもそものあり様を知る回路を切りひらくことにもなるはずである。

では中動態は、現在の能動態、受動態とどのようにちがうのだろうか。

能動態は基本的に〈～する〉、受動態は〈～される〉で表現され、主体者の意志が基点になっている。たとえば〈私は部屋を掃除する〉という能動態の文章を考えたとき、掃除をするのは私だ。もっと厳密にいえば、その掃除行為の起点となっているのは私の意志である。

そもそも私が「そうだ、部屋でも掃除するか」と意志しなかったら、その掃除行為はこの世に存在しなかったはずである。だから、この能動行為のそもそもの発端として措定されているのは私であり、私の意志である、ということがいえる。受動態も主体が入れかわるだけで構造は同じだ。〈私は仕事をするように上司に命じられた〉という文章であれば、意志の発動者は上司であり、「こいつに仕事を命じよう」と上司が意志したことで私は命じられている。行為の発動者は上司という人間の意志である。

このことは、能動態—受動態を所与の前提として受けいれている私たちの認識としては、とてもナチュラルな思考回路であるように感じられる。私たちには自由意志がある。だから何でも自発的に行動しているのだ、とそう思っている。

しかし、中動態という古の動詞の態の存在は、はたしてそれは本当なのか？　という疑問を投げかけてくる。人の行為ふるまいは、すべて能動態—受動態の対立に還元できるものなのか？　昔の人はどうやら能動態—受動態ではなく、能動態—中動態で行為の様態を認識していたようだが、ということは意志を起点とした能動態—受動態の思考回路の枠組みではおさまらない人間の行為ふるまいというものがあるということなのではないか？

同書で考察されるのが、銃を突きつけられて金品を脅しとられるというケースだ。能動態—受動態的な思考回路でこのケースを検討したら、どうなるだろう。被害者が金品を差しだすのだから、このふるまい自体は能動態で記述されうるだろう。銃を突きつけられて脅迫されてはいるものの、ともかく最終的に被害者はこの脅迫に同意し、能動的にカネを差しだしているのである。命を奪われるぐらいならカネなど喜んで差しだす、という場合だってあるかもしれない。

だが、そうだとしても、これではどこか釈然としない。そもそも私が今、この金品を差しだす人を〈被害者〉と書いていることからもわかるとおり、全体的な構図としてこのふるまいは受動的に感じられる。銃で脅されさえしなければ、この被害者はカネをだす必要はなかったわけで、よーし、おれはこれから銃を持った人とたまたま出会って、その人に脅迫され、その脅迫をうけるかたちで金を差しだすぞー、と意志する人などいるわけがない。つまり、この金を差しだすというふるまいは被害者の意志が基点になっていないのに、それにもかかわらず能動態で表現されうることになり、おかしなことになるのだ。

じつは、このケースは能動態―受動態の対立の構図でとらえるからうまくいかないのであって、古の能動態―中動態の構図では、こうした捩れはなくなる。というのも、じつは古の能動態―中動態の構図においては、行為者に意志があるかどうかはまったく問われていないからである。

能動態―中動態の相違をわけるのは意志ではない。では、何を基準に態がわかれるのかというと、行為者の主体が、その行為の内側にあるか外側にあるかである。人なり動物なり何でもいいのだが、主語であらわされる主体者が行為が完了するまで、その行為の内側にとどまっていれば中動態、行為が完了したときにその行為の外側にいれば能動態となるのである。

たとえば〈彼は馬をつなぎから外す〉という文章を現在の能動態―受動態で考えると、能動態でしか表現できない。ところがこれを能動態―中動態の構図におきかえると、能動態と中動態のどちらでも表現しうる。ただし態が変わる以上、意味は変わる。能動態でこれを記述すれば、能動態は、その動詞行為が終了したとき、主体者がその外側にいることを記述するのだから、馬をつなぎから外した結果、その馬に自分以外の誰かが乗る、ということが含意される。したがって召使いが主人のために馬を外したときなどは能動態で記述される。一方、中動態では主語は最後までその行為の内部にとどまるので、自分が乗るためにその馬を外すという意味になる。

だが、これではあきらかになったのは言語学的な意味だけで、中動態を使っていた人々の認識世界がひろがったとはいいがたい。そのため同書では、このあきらかになった中動態の意味を手がかりに、そこから広がる世界が模索されてゆく。

たとえば日本語の古語だ。日本古語には〈見ゆ〉〈聞こゆ〉など語尾が〈ゆ〉で終わる表現があったが、これは中動態的なものと考えられる。〈ゆ〉は現在の言葉では〈れる〉〈られる〉に変化したが、よく知られているように〈れる〉〈られる〉という助動詞には、受動、尊敬、自発、可能と四つの意味がある。問題はこのうちの自発だ。自発とは〈自然に〜になる〉ということで、〈見ゆ〉であれば自然と見えてくるということである。それまで暗くて見えなかった富士山が夜明けが近づいてぼんやり姿をあらわしたとき、それは〈見る〉ではなく〈見ゆ〉である。つまりこの〈見ゆ〉という表現を考えると、見る行為はたしかに行為者に帰属しているのだが、見えてくるのは夜明けという自然現象の結果であり、行為者の意志とはとくに関係ない。〈見ゆ〉という中動態にこうした自発の意味があるということは、どうやら中動態の根底には自然の勢いのようなものが反映しているといえそうだ。

さらにこうした中動態的様相は、スピノザの哲学における能動―受動関係にも見受けられるという。

現代人の感覚では、能動と受動は行為の方向性で示すことができると考える。〈私は山田に仕事を命じる〉という能動的な行為を考えると、行為の向きは〈私〉↓〈山田〉であるが、〈私は山田に仕事を命じられた〉と受動になると、矢印の向きは〈私〉↑〈山田〉と逆になる。ところがスピノザの哲学によれば、能動と受動はこのような矢印であらわせるものではなく、むしろ行為の結果生じる質の濃淡によって示されるというのだ。

どういうことか、というと、それは次のようなことである。

人は誰しもこの世界にたった一人で孤絶して存在しているわけではなく、様々な事物、事象と接触し、外から影響をうけている。日焼けひとつとっても、太陽の刺激によって皮膚は黒くなるのであって、おれは黒くなるぞ、という強い意志があって黒くなるわけではない。

感情も同じだ。愛するわが子を喪ったとき、人は誰しも悲嘆にくれるが、それもわが子の死という出来事があってのことだ。つまり外の世界と関わり、刺激をうけることで、人間の心身は〈変状《へんじょう》〉する。重要なのは、この変状は外から強制されて起きるわけではないことである。日焼けで皮膚が黒くなるのは、たしかに受動的な現象に見えるが、太陽によって黒くさせられているのではなく、あくまで太陽の刺激によって私の内部で変化が起きているから黒くなる。悲しみも同じだ。わが子の死が物理的に悲しみを引き起こすのではなく、死が刺激となり、私の閉じた内部で悲しみが湧きおこるのであり、これはわが身内部の変状なのである。

こうして考えると、意志を基点とした能動態―受動態の対立構図とはことなる理解の地平が開かれる。すなわち、もともともっていたその人の本質が十分に維持されているとき、それは能動であり、日焼けや悲しみのように外からの刺激で心身が圧倒され、変状し、もともとの本質が維持されていないときは受動だ。國分によるスピノザ理解によれば、能動と受動は矢印の向きではなく、本質がどれだけ行為に反映されているか、その濃淡という質によってしめされるが、この変状の過程に意志が介在しているわけではないので、能動態―受動態という現在の動詞の態で捕捉することはできない。この概念を表現しうるのは、古の能動態―中動態、すなわち日焼けや悲しみは中動態的現象なのである。

中動態とは、意志とは関係なく起きる行為や動作を記述するための態である。たとえ、その行為ふるまいが、自分とは別の外側からの影響をうけて変状した、一見受動的に見えるものだったとしても、それが自分の内側で発生し、かつ収束したものであるなら――つまり最初から最後までその行為の中心に自分がいるのなら、それは中動態で表現されうる。

こうして引きだされた中動態の理解をもちいれば、先ほどの銃による脅迫の事例も理解できるようになる。銃を突きつけられて脅され、カネをだす。もともと金をだすつもりなどなかったのに、銃を突きつけられたことで被害者内部で変状が発生し、金を払おうというふるまいが生じる。つまり、これは中動態で表現されるべき行為なのだ。意志を介在させた能動態―受動態の思考回路で考えるから、受動的ふるまいなのに能動態で表記しなければならないという捩れが起きていたのである。

中動態という大昔の動詞の態を考察することで、浮かびあがるのは次のようなことであろう。

たしかに動詞の態としての中動態は滅びた。中動態は受動態にとってかわられ、私たちは今、能動態―受動態の構図のなかで人間の行為ふるまいを理解している。つまりそれは、意志というものを前提にして行為一般を理解しているということである。しかし、この前提ははたして本当に正しいのだろうか？　人が行為をするとき、本当に意志にもとづいているのだろうか？　そもそも意志などというものが本当にあるのだろうか？　自由意志など幻想にすぎず、私たちにできるのは選択だけではないのだろうか？　意志というものには責任がともなう。意志による自発性があるから、行為の責任を行為者に帰することができるようになる。つまり能動態─受動態の対立は、人に行為の責任の所在を問う表現系なのだ。

要するに、こういうことだ。経緯はよくわからないが、とにかく歴史のどこかの時点で意志というものが前面に押しだされ、私たちの動詞の態は能動態─中動態から、能動態─受動態の対立構図へと変化した。言語の表現法が変化し、行為全体をその枠組みでしか捕捉できなくなったせいで、私たちは何となくすべての行為には意志があるものだとみなしている。しかし、それは言葉の枠組みが私たちの認識に限界を設けていることにより生じた幻想なのかもしれない。そこにあるのに、言葉の枠組みからはみ出していることで、見えなくなっている現実がある。そして、その現実は中動態でしか表記されえない。つまり、私たちはまだ中動態の世界に生きているのではないか？

7

以上、國分功一郎『中動態の世界』に依拠してその内容を述べてきたわけだが、これほどくだくだと中動態について説明したのは、私自身、この本を読んで目を見開かされた思いがしたからでもある。たしかにそうだ。私たちは中動態の世界に生きているのに、それが見えなくなっている。読後、私は、まるでそれまでは霧におおわれて隠れていた中動態の世界が、目の前にぱーっとひらけたように思い、何やら清々しい心地がした。

読みながら、私がまっさきに思い浮かべたのは刑事事件のことだ。

たとえば殺人事件のうち、本当に明確な殺意があって人を殺すケースは全体のどれぐらいを占めるのだろう。人が人を殺すとき、本当に意志なんてものがあるのだろうか。もみあいになったとか、口喧嘩が発端で激高してそれまでの恨みが爆発して殺してしまったとか、殺す意志はなかったのに、その場の状況にのみこまれ、変状し、気づくと殺していたという場合がほとんどなのではないか。

だとすると、これは中動態的殺人といえるかもしれない。しかしこのような中動態的殺人は、私たちの社会の前提となっている能動態―受動態的な思考の枠組みでは回収されえない。この社会の法体系は意志というものを前提に成りたっており、意志にもとづいてこの殺しの行為の責任は問われなければならない。だから法の執行者としての警察は、犯人の意志である動機を重視し、追及し、整合性をつけるためにときにこしらえ、そのこしらえられた動機にもとづいて自白調書を作成することさえある。裁判官もこしらえられた意志を重視して判決をくだす。こうして能動態―受動態的枠組みをつうじて行為が濾過されることで、そもそも存在していなかった殺す意志なるものが、責任追及の大義名分のもとに作りだされ、社会的に確定する――。

こんなふうにして、本来であれば中動態的行為であったものが、意志を基点とする能動態

—受動態的行為にぬりかえられて、もともとの中動態的経緯は見えなくなってゆく。ありとあらゆる行為に意志と責任が適用され、論理と理屈と計算で世界はうごいていると錯覚されてゆき、外側との接触、そして刺激の受容により、おのずと変状している過程がわからなくなってゆく。こういうことは、私たちの身のまわりで日常的に起きているように思われる。というか、そういわれれば、じつは人生のほとんどの局面は中動態的に推移しているのではないだろうか、とさえ思えてくる。

もうひとつ思い浮かんだのが結婚のことである。のちに妻となる女と交際をはじめたとき、私は結婚を意識していなかった。ところが彼女と関わりを深めてゆくうちに、私は太陽光線にあたって皮膚が黒くなるように変状し、結婚することを決めるにいたった。しかも、その行為の中心には自分がいた。交際をはじめて、変状し、最終的に結婚しようと決断したその全過程は、まちがいなく私に帰属していたわけだ。これはまぎれもなく中動態、〈結婚する〉ではなく〈結婚せられる〉と書かれるべきものだったのである。

ところが多くの人は結婚を中動態的にではなく、あくまで意志を前提とした合理的選択の対象としてとらえようとする、というか能動態—受動態的思考に脳ミソが洗脳されているので、そういうふうにしかとらえられなくなっている。だから少なからぬ人が、私が結婚したのは冒険者の生き方として不合理だと感じ、「どうして結婚したんですか」と、余計なお世話としかいいようのない質問をくりだすのである。

だいたいからして、私の妻ですら、私たちの結婚が中動態的プロセスを経ていたったことを断固として認めようとしない。私が「結婚とは事態だ」というと、彼女は「何が中動態よ。何が事態よ。あなたが結婚したかったから結婚したんでしょ」と反発し、態度を硬化させ、まるで警察官みたいに私に動機を自白させたがる。かわいそうに、能動態―受動態が強いる言語体系に思考回路をからめとられすぎているせいで、目が濁り、真実を見通すことができなくなってしまっているのだ。

話は完全に脱線したが、とにかく中動態についての考察は、事態にたいする深い理解に導いてくれる。

私が言うところの事態、それは中動態的に推移する。結婚だけでなく、冒険も同じである。北極での長期旅行を何度もつづけて土地との関係が深まることで、私の思考は変状し、今では犬橇による長期狩猟漂泊を考えている。もともと私に狩猟漂泊をめざそうという明確な意志があったわけではないが、土地との関わりにより私の探検が中動態的に推移した結果、狩猟漂泊なる〈思いつき〉が事態として隆々と盛りあがり、私をのみこんだのだ。

ただし、この事態は概念として中動態と完全にかさなるわけではない。あくまで中動態的に進むだけだ。

たしかに事態も中動態と同じように、意志や意図とは別の力によって物事が進んでゆき、外からの刺激で自分自身が変状してしまった、という結果をもたらす。

だが、中動態はあくまで動詞の態であり、そのときどきの行為ふるまいをあつかう言語表現である。一方、私がここで使用する事態という言葉は人生がどのように展開してゆくか、そのダイナミズムを考えるための概念である。それゆえ、事態が隆起するにはある程度の時間的な長さが必要になり、おさめる射程の範囲は中動態よりかなり長いものとなる。結婚であれば、私の場合は交際開始から結婚にいたるまで八カ月、これが冒険となると、北極に通いはじめて狩猟漂泊を考えるまで七年という歳月が流れている。他者との関わりが生じて、それが事態として成長するまでには、何カ月、ときに何年という月日が必要となるのである。

事態のこの時間的な射程の長さを、事態の歴史性と呼ぶことも可能だろう。

中動態を検証することで浮かびあがってくるのはこの歴史性である。そして、これが人はなぜ冒険をするのかという謎を解き明かす最重要な鍵となりそうなのである。

第五章　人はなぜ山に登るのか——事態について　その二

1

まわり道をして深い森のなかに迷いこんだ感もあるが、ひとまずここまでの事態についての理解を簡単にまとめると次のようになる。

事態とは他者との関わりがきっかけとなって萌芽するものだ。関係が進展するにつれ萌芽した事態は徐々に成長してゆき、気づいたときには巨大な津波のように立ちあがり、本人はそれにのみこまれるよりほかない。

事態はこうした他者との関係のあいだで、こちらと相手の言動が化学反応を起こして成長していくものなので、基本的に制御不能だ。つまりそれは予期不可能ということでもあり、人間の理性がもっとも避けたがるものだ。なぜなら、過去の出来事を未来に延長させて予期し、それにより心の平安をえることを、人間の本能はのぞんでいるからである。しかし結婚という現象を見てもわかるように、人はときにこの理性の働きから解放されて、事態という予期不能な波にのみこまれることがある。結果として、理性がつくりあげた計算可能な仮想世界により封印されていた渾沌とした現実世界に直面することになるわけだが、そのことが、逆に自分を変化させ成長させる契機ともなりうる。

意図という観点から事態を見れば、事態は中動態的に進展するものだと理解できる。よ〜し、今日からおれは変わるぞお〜という強固な意志によってではなく、他者と関わり、その刺激や影響を受けておのずと自分が変状してゆくのが、事態の中動態的性格だ。ただし中動態とちがって射程に入れる時間的スパンが長い。事態は関わりのはざまで何カ月、何年と時間をかけてゆっくりと成長するものであり、この歴史性が人生に新しい展開をもたらすダイナミズムになりうる。

ここまで理解が深まると、ほとんど冒険の謎を解き明かしたも同然だが、たしかな答えを得るためにもう少し深掘りしよう。

冒険に出る最初の一歩、それはその冒険を思いつくことだ。冒険は本質的に無謀なものであり、危険であるがゆえ、それに踏みだすにはある種の覚悟が必要となる。この覚悟というものは、その人に、それをいだかせるだけの堅固な背骨が内側になければ固まるものではない。覚悟をいだかせ、一線を越えさせるバックボーンとなるのが〈思いつき〉である。人はそれを思いついてしまうからこそ冒険に飛びだすのであり、一線を越えさせて、冒険のような無謀、危険な行動に人を踏み出させるには、その思いつきのなかに、それに見合うだけの濃厚な中身がなければならない、ということになる。

ということは、この思いつきのなかにつまった、この濃厚な内容物が何なのかを抽出することができれば、人が冒険に飛びだす答えにたどりつける、ということになるはずだ。なるほど〈思いつき〉という言葉は、じつに場当たり的に聞こえ、〈覚悟〉がもつ語感とは相反するようにも思える。そして実際にそれを思いついたときの場面を考えても、それはたしかに場当たり的だったという感じがあるのは否めない。しかし、たとえそうだとしても、いや一見、場当たり的に思えるからこそ、この言葉は人が冒険をする構造をほぼ完全に表現しえている、と私は思う。

私が今の主題である〈裸の大地〉探検をなぜはじめたのかといえば、それを思いついてしまったからなのだが、この思いつきが生じた瞬間と、その刹那的な炸裂のなかに凝縮された歴史的過程を見ることで、私がそれを実行しないではいられなくなった理由があきらかとなるはずである。

というわけで、この思いつきにいたる過程をしばしふりかえることにするが、私がこれを思いついたのは、二〇一八年春に、狩りを前提に橇を引きながら長い旅をしていたときである。

このとき私は相棒である一頭の犬とともに、北緯八十度八十分のピーボディー湾の海氷上を歩いていた。すでにシオラパルクの村を出発してから一カ月ほどが経過し、私も犬も猛烈に腹を空かせていた。

ピーボディー湾は春になるとたくさんの海豹が昼寝をすることで知られ、私もこの地域で活動する者の一般教養として、そのことは知っていた。だが、なにぶん足を踏み入れるのははじめてのことだったので、その知識は私の旅のあり方を左右するほど切実なものとして、まだ私の内部にまで食いこんできていなかった。そのため、実際にピーボディー湾にやってきて、次から次へ目に入る昼寝海豹の姿を目の当たりにしたとき、私は、「こんなにいるのかよ……」と驚愕したのだった。

この旅は狩りを前提としたものだったが、しかし、じつのところ海豹だけは私の狩りの対象から外れていた。というのも、海豹は撃ち損じるとすぐ横の氷の穴から海に逃げこんでしまうため、至近距離から脳天を一発で撃ちぬかなくてはならず、獲物とするにはハードルが高いからだ。特殊な道具も必要だし、自分自身、氷上で海豹を撃った経験がなかったので、現実的に獲物として想定していなかったのである。

しかし、まるで無防備に寝ころぶ海豹の姿を見ると、そんな事前の心づもりなど吹き飛んでしまう。何しろ腹が減って仕方がなかったし、ここで海豹を獲れないと、さらに北の地には行けそうもない。なんとかして仕留めてやろうと、私は海豹を見るたびに接近をこころみた。しかし海豹の射程に入るのは難度が高く、接近するたびに穴から逃げられる。あっちに行っては逃げられ、こっちに行っては逃げられ……と、何度となくそんなことをくりかえし、途方に暮れたすえに私は悟った。

自分で橇を引いているかぎり、海豹狩りは不可能だ。機動力がなさすぎるし、あちらこちらうろついて、それで逃げられたら体力を消耗するだけだ……。

そして、そうだ、と思いついた。

来シーズンから犬橇をやろう。犬橇なら機動力があるので海豹狩りができるにちがいない。そしてこのピーボディー湾で海豹を獲れれば、もっと北の地に行けるかもしれない。

この思いつきが、さらなる思いつきを引き起こす。思いつきの連鎖である。

もっと北の地に行けば、獲物が豊かな別の土地がどこかにあるかもしれない。獲物のいる〈いい土地〉を探し、発見し、各所で見つけた〈いい土地〉をつないで旅をすることができれば、その旅は無限の可能性を秘めたものになるはずだ。

と、このように海豹狩りの失敗がきっかけとなり、まるで天からの啓示のように、次なる旅の姿やテーマが次々と私の脳天にふりそそぎ、狩猟者視点による〈裸の大地〉探検という構想が生まれたわけである。

こうしてふりかえると、冒険における思いつきは表面的には場当たり的だ。実際、ピーボディー湾で海豹に会うという偶然がなければ、長期犬橇狩猟漂泊という〈裸の大地〉探検は思いつかなかったわけで、その意味ではまちがいなく場当たり的である。しかし深層構造をみると、これは場当たり的ではあるけれども、同時に場当たり的ではない、という二重性をふくんでいることがわかる。

前章で縷々《るる》と述べたことだが、犬橇なら海豹狩りができる、とのこの思いつきは私と北極との関わりから生まれたものだ。この〈裸の大地〉探検を思いつく前に、すでに私は土地との関係の深化を実感しており、土地の知識をたくわえることで新しい旅の可能性の扉が開けることがわかっており、このときの旅で狩りを主題にしたのは、この関わりがあったがゆえである。それまでの極地旅行の過程のなかで、じつは私の意識の底には〈狩りをしてもっと土地と関わりながら漂泊したい〉との思いが大きくなっており、犬橇漂泊にむけたひとつの方向性が自覚のないまま胎動していた、といえる。そこにたまたま海豹があらわれ、かつ逃げられるという偶然の出来事がかさなった。これが引き金となることで、私の意識に沈潜していたこの思いが瞬間的に噴出、顕在化し、〈ここで海豹を獲るには犬橇をはじめるしかない〉との発見をもたらし、その発見が〈犬橇で海豹を獲れれば、もっと北の地に行けるようになる〉とのさらなる積極的な期待感をよびこんだ。たまたま海豹がいた、という偶然により思いついているので表面的には場当たり的だが、その思いつきを思いつきとして作動させたのは、私の深い部分ですでに胎動していた犬橇にむけた方向性であったわけで、それを考えるとこの思いつきは必然でもあったのである。

2

このように思いつきの内部をよくよく覗きこんでみると、それまでの関わりの過程がぎっしり凝縮していることがわかる。このとき私の意識に、よし、犬橇漂泊をやるという思いつきを思いつくぞ、などという意志があったわけではない。あくまでこの思いつきにいたる事態は、私と北極との関係のあいだで起こったことであり、自分でも気づかない意識の底で事態としてじわじわ大きくなっていたものだった。それが海豹という偶然の出来事が起きたことで、思いつきというかたちで潜在界から現実界に噴き出し、私のその後の進路変更をもたらした。その思いつきの内部は、私の未来を変えてしまうほどの爆発力を秘めた濃厚な内容物で充たされていたわけで、こうした潜在的必然が偶然によって引きずり出された以上、それから逃れる術はないのである。

制御不能な証拠に、じつはそれを思いつく瞬間まで、私は犬橇をはじめようと考えたことなどなかった。迷ったことすらない。それどころか敬遠していたといってもいいぐらいだ。なぜかといえば、犬橇をはじめるには犬の頭数をそろえる必要があり、不在のときは村人に世話してもらわなければならず、必要経費がこれまでの二倍にも三倍にもなり、ひいては家計を圧迫して、夫婦関係にひびが入り、家族崩壊につながりかねないからである。そればかりか、犬を飼えば放っておくわけにもいかないので毎年グリーンランドに通う必要もでてくるだろう。なので、ひとたびはじめればほかの地域には行けなくなり、今後の活動をグリーンランドでの犬橇一本にしぼらなければならなくなる。そこまでの覚悟がなかったわけだ。要するに結婚を回避する人同様、人生を管理したいという理性にもとづくリスク回避の本能が、私に、犬橇はやめたほうがいい、と警告していたのである。それなのに、思いついた瞬間もう駄目だった。逃れられなかった。

冒険に飛びだす覚悟を生みだすのは、あきらかにこの制御不能性である。思いついたら最後、もうそれをやるしかない。冒険の謎の核心はここにある。なにゆえに冒険なぞするのか、と人が問うのは、わざわざ死ぬかもしれないこと、それほど過酷な環境に飛びだすこと、そこが理解できないからである。私もよくわからなかった。よくわからないなりに言葉にしようとしてきたが、やはり核心を把捉《はそく》するにはいたらなかった。しかし、関わりと事態という鍵概念を手にいれた今、こういえるようになった。

人が冒険をするのは本人にも選択の余地がないからである。これが意志にもとづくものであれば、いろいろと計算して、やっぱしやめる、という選択をとりがちになるが、意志を超越しているのでほかに選択肢などない。思いつきのなかには、それを思いつかせるに足るその人の歴史の全過程が凝縮しているがため、ひとたび思いついたら最後、それをやるよりほかないのだ。

いま一度、私の北極探検の足跡を今度は時系列を遡るかたちでふりかえってみると、今の主題である〈裸の大地〉探検＝長期犬橇狩猟漂泊を思いついたのは、今述べたように、二〇一八年春に狩りを前提とした長期人力橇漂泊行の途中で、海豹狩りに失敗したことが契機となっている。

そして、この狩りを前提とした旅を思いついたのは、二〇一六年から一七年冬の極夜探検で、土地の知識が深まることで可能となる旅のかたちがあることに気づいたことが契機となっている。

そしてそして、その極夜の探検は、二〇一四年から一五年にかけて、GPSに頼らず天測と読図でグリーンランド北部を何度も歩きまわり、土地との関わりを深め、知識を蓄積したことによって可能となった。

そしてそしてそして、天測で北極を旅しようと思ったのは、二〇一一年の初の北極行でGPSを使ったことで、北極から疎外されているという、何やら得体のしれない霊魂離脱感をおぼえたがゆえである。

このように、今の主題である〈裸の大地〉探検へといたる流れは、その八年前の極北カナダの旅まで脈々とつづいている。いや、そうではない。この水脈は、もっと前にさかのぼることも可能なのである。というのも、そもそも最初に北極に行こうと思いついたのも、カナダの旅の前の冬の二〇〇九年から一〇年の冬に、〈ヒマラヤの謎の川〉と呼ばれるチベットのツアンポー峡谷という大峡谷地帯を単独で探検し、悪天候と食料不足で危うく野垂《のた》れ死にしかけた経験が発端となっているからである。

例によって、当時の私には極地に行こうという意志などさらさらなかった。だが、ツアンポーで常に死を意識する時間を過ごし、いわば、生のなかに死をとりこむ、といった体験をしたせいで、私の意識には、もっとこの生に死をとりこむ経験を深めたい、そのために死を感じさせる環境で旅をしたい、という次なる旅の主題が蠢《うごめ》きだした。そして、そのときに死を感じさせる環境として思い浮かんだのが、読書でなじんでいた極地探検の世界だった。

十八世紀から二十世紀初頭にかけての極地探検の本を読むと、飢えや壊血病や凍傷で苦しみ、次から次へと隊員たちが死亡するなか、その屍《しかばね》を乗り越えて極点到達や北西航路探索に挑む、狂気に陥った男たちの常軌を逸した世界が描かれている。純粋に読書で極地探検史に親しんでいたときは、こんな恐ろしい世界には絶対に近づくまい、などと畏怖していたのに、ツアンポーで死を垣間見る経験をした結果、その経験と読書で醸成されていた極地のイメージが化学反応を起こして、死に近いゆえに近づきたくなかったその地は、逆に死に近いゆえに行ってみたい地に変わってしまったのである。

もちろんこのツアンポー探検も私が大学探検部に入ったことが契機となっており、その探検部に入ったのも、他人とはちがう類例のない人生を歩みたいという願望がもともとあったからであり、そしてその願望を生んだのも個人的な家庭事情、つまり長男である私には家業を継ぐ必要があり、その境遇ゆえ決められたレールにしたがって生きるのだけは御免だ、という意識が幼少期からつよくあったことが遠因になっている。

つまり今の私の主題である〈裸の大地〉探検という主題のなかには、ほかでもない私自身の歴史が、もう、爆発しそうなほどに充満しているのだ。

この思いつきの歴史性が意味するのは次のことだ。

私はそれを思いついてしまった。〈裸の大地〉探検という、この冒険の思いつきには私の全過去の歩みがこめられている。この思いつきは、誕生以来、延々とひとつらなりに語ることのできる私という人間の物語の、最新バージョンだ。最新バージョンというのは、私の過去の履歴から生じたその最先端という意味である。様々な他者と関わり、その都度、事態にのみこまれることで、知らず知らず変状してきた、その私の足跡があったからこそ生起した思いつきなのである。いったいほかの誰に〈裸の大地〉探検などという構想を思いつくことができるだろう。このような構想を思いついたのは、ひとえに私という人間に固有の過去の足跡があったからであり、それは世界で私だけに固有な、純然たる私のオリジナルであり、〈裸の大地〉探検への挑戦権があるのは世界でたった一人、それを思いついた私だけなのである。

この思いつきには私という人間の現時点におけるすべてが乗りうつっている。憑依している。いや、憑依というより、この思いつきは私という人間そのものだ。私という人間はいったい何なのか。私の実質ははたしてどこにあるのか。これは人生をかけて考究するに値する問いだが、今の私は、私とはこの思いつきだと断言できる。この思いつきには、私が私であるところの所以のすべてが内在している。私という人間は、この思いつきを生じさせた主体であり、〈裸の大地〉探検という思いつきが生じたところの、その場なのである。

次なる冒険の思いつきが事態として隆起し、それが自分と同等のものとして眼前で結晶している以上、もしそこから逃れたら、私はそれまでの自分の人生を、そこで中断させることになる。私という人間に固有の、これまでの物語はいったん幕を閉じることになる。思いつきから逃れることは、自分だけの過去を否定し、目の前に突如開けた自分固有の未来を放棄することと同じだ。自分は思いついたのに、それをやらなかった。この逃避は強烈な負い目となって、それからの私を苦しませることになるだろう。死ぬ間際に私は自分の人生を、思いついたのにそれをできなかった人生として回顧し、悔やむことになるだろう。逃避を最後まで引きずる人生。それはもしかしたら冒険で死ぬことより恐ろしいことかもしれない。だから私はその冒険を思いついたとき、それにのみこまれるよりほかない。仮にそれがどれほどつらく、過酷で、危険な行動であるかわかっていても、思いつきが自分自身にひとしい存在である以上、そこから逃れることはほとんど不可能なのである。

3

思いつきが冒険を実行するための力となるのは、そのなかにその人なりの歴史が結晶しているからである。歴史性のない思いつきは中身がないわけだから、たとえ思いついたとしても実行させるに足るパワーがない。たとえば、まったく何の経験もない人が仕事中に机のうえで、はたと思うところがあって、そうだ、会社をやめて南極探検をはじめよう、などと思いついたとしても、その思いつきには、それに見合う中身がないわけだから、たぶん本当にただの思いつきで終わり、結局、冒険を完遂できずに終わるだろう。一線を踏み越えさせるにはそれ相応の内実が必要なわけで、内実さえあれば、何かのきっかけで生じた思いつきという偶然は、一線を踏み越えさせるほどの必然に転換する。

そしてそれは必然だけに、そうした思いつきが現実にむくむくと隆起してしまったら、それを引きうけないのは自分の過去にたいして無責任なことに感じられる。生きるうえで重要な倫理とは、思いついた以上、その思いつきを肯定して、それを大事にして生きることだ、ということもいえるわけで、それを考えると、ある冒険を思いついたのにそれをやらないのは冒険者としてはおかしなことだ、とも考えられる。

登山家が山に登るのも、これとまったく同じ理由による。

登山家のあいだでは「自分の山に登る」ということがよくいわれる。たとえば、それまで純粋に登りたい山にだけ登っていた第一級のクライマーが、生活の糧をえるためにプロのガイドになって、お客さんを山や岩場に案内するようになる場合がある。山が仕事場で、お客さんを案内する立場である以上、そのクライマーはほぼ毎日のように山に登るだろう。だが、たとえ毎日登ったとしても、そのクライマーは〈自分の山には登れていない〉というストレスをかかえることになる。なぜならお客さんを案内するために登る山は、客観的、物理的な意味での山、つまり台地から隆起した地形としての山にはちがいないが、その山は彼にとっては切実な、自らと関係を切り結んだ、真に登る対象として思いついた山ではないからである。彼にとって切実な〈自分の山〉とは、それまでの自分と山との関わりの帰結として次はあの山に登りたいと彼に思わしめる山、否応ない存在としての彼の眼前に立ちあがっている山のことである。山が事態として、つまり、それまでの自分の歴史が濃縮還元された存在として目の前に立ちあがったときにはじめて、それは危険を冒してでも登らなければならない山になる。お客さんを案内するために登る山はそういう山ではなく、登っても登らなくてもどちらでもよい山だ。ガイドになると〈自分の山〉に登る時間がなくなるので、あえてガイドにはならない第一級登山家も少なくない。

登山史上もっとも有名なジョージ・マロリーの「そこに山があるからだ」という言葉の意味も、山を事態としてとらえれば理解可能なものとなる。

ウェイド・デイヴィス『沈黙の山嶺《いただき》』（白水社）によると、この言葉は、マロリーが一九二三年一月から三月にかけて米国とカナダに旅行し、ニューヨークやワシントンDCなどで講演をおこなったさいのものだそうである。とある講演の終わりに、なぜエベレストに登りたいのかと訊かれて、マロリーは「そこにあるからです（Because it is there.）」と答えた。この言葉が三月の『ニューヨーク・タイムズ』紙のエベレストの特集記事の冒頭に引用されたことで有名になり、世界中に広まって〈記念碑に刻まれ、教会の説教で持ち出され、王子や大統領が引き合いに出すように〉（秋元由紀訳）なった。

実際、この言葉は多くの人の心をつかみ、今私が引用しているように、論理や理屈ではとらえつくせない、人間行動の不合理で深遠な側面を言表《げんぴょう》するさいに使われてきた。日本でもっともこの言葉の解釈にこだわったのは、私が知るかぎり、ジャーナリストの本多勝一《ほんだかついち》だ。元朝日新聞記者で、京都大学在学中に日本初の大学探検部を創立したことでも知られる本多は、日本の登山冒険史上、探検最大のイデオローグでもあり、彼の冒険論は数十年にわたり、無垢でストイックで感性の豊かな若い冒険家や登山家を刺激し、おそらくは少なくない数の悲劇を引き起こす遠因になってきた。

その本多にとって、マロリーのこの言葉は、自身の冒険論の正しさを証明するひとつの歴史的な素材であった。本多勝一の冒険論とは、ひと言で乱暴にまとめれば前人未踏主義である。誰も行ったことがないところに行く、誰もやったことがないことをやる。こうした未知にいどむ行為を、彼は〈パイオニア・ワーク〉と呼び、それが正しい冒険の姿であると主張した。登山が冒険として魅力的な行為であり、かつ意味をなすのは、それが未踏峰である場合である。誰かが登ってしまった山はすでに未知ではなく、冒険論的に本質的な挑戦対象ではない。すでに登られた山をより難しいルートから登ろうとするのは、空白地帯を目指すべき登山の本質からズレた、パイオニア・ワーク的にまちがった登山である、というわけである。

この論理にしたがって、本多はマロリーの言葉を解釈する。本多にいわせれば、マロリーが死ぬまでエベレスト登頂にこだわったのは、それが未踏峰だったからだ。本多は、京大生時代に書き、日本の登山家、冒険家に多大な影響をあたえてきた伝説的な対話式論考、『『創造的な登山』とは何か』のなかで、マロリーの言葉に投影された山男的ロマンチシズムを俗物的理解だと罵倒している。

〈世間一般どころか山男たちにさえひどく誤解されているのは、このマロリーの言葉を「山があるから」などと訳していることだ。バカじゃないかね。マロリーは処女峰チョモランマ（エベレスト）を目指す理由について質問されたときに「それが存在するから」と答えた。つまりマロリーは処女峰エベレストが存在するから登るのであって、二度目や三度目以下の「それ」ではなく、いわんや一般の「山があるから」などとんでもない。そんなものはマロリーの精神とは正反対の俗物だ。〉（『日本人の冒険と「創造的な登山」』ヤマケイ文庫所収）

本多のいいたいことはたしかにわかる。私自身、学生時代に彼の本を読んだとき、この理解に表向きは納得した。未踏峰であるという明確な理由があったからこそ、マロリーはエベレスト登頂に懸けたのであり、ロマンチシズムとしての山に殉《じゅん》じたわけではない。でも一方で、釈然としないものがのこったのも事実だ。未踏峰であることが登山の原動力となることは理解できるし、未知で、不確定な状況のなかにこそ冒険や探検の創造性があり、そこにおもしろさがあることにも同意する。しかし人が山に魅了されるのは、それだけが理由なのだろうか。本多勝一の理解は下手に論理として隙がないだけに、能動態と受動態のように、そこからこぼれ落ちるものを拾いきれていない気がするのである。

しかし今なら、当時の自分が本多の理解に完全に同意できなかった理由がわかる。本多の解釈には、マロリーの内在面への理解が完全に欠けているのである。

エベレストが未踏峰であったことが挑戦の大きな理由であったにせよ、それだけでは人は命を賭して山に登ることはできない。重要なのは、マロリーの内面に未踏峰エベレストがどのような様態で立ちあがってきていたのか、だ。

マロリーは一九二一年、二二年と二度のエベレスト遠征にエースとして参加し、登頂にかなり肉薄する経験を有していた。つまり、一九二三年に「そこに山があるから」と述べたとき、マロリーにとって未踏峰エベレストは逃れられない事態として目の前に立ちあがってきていた。一九二一年の最初の遠征でエベレスト委員会から隊員としてお声がかかったときと、一九二四年の最後の遠征では、彼のなかで未踏峰エベレストの意味あいは変容していたはずである。

　最初の遠征では本多が指摘するとおり、未踏峰としての称号が、マロリーにとっても、エベレストのエベレストたる所以であったかもしれない。だが、あくまでそれは彼の実存とは関係のない領域に孤立する未踏の世界最高峰であり、マロリーではなくても、誰にとってもひとしくそのようなものとして存在しているにすぎなかったわけである。しかし、二度の挑戦と失敗を経た後、彼にとってエベレストの意味は変わった。未踏峰という称号はもはや、彼にとってエベレストのエベレストたる所以ではなくなっていたのではないか、という気さえする。二度挑戦して登れなかった結果、エベレストは、未踏峰かどうかというより、いよいよ登らなければならない対象として、すなわち事態として、彼の前に高々とそびえ立っていた。そういう境涯に投げこまれてしまった以上、マロリーの未来はエベレストとの関係のなかからしか立ちあがってこない。エベレストに登らない以上、彼の人生はそこから一歩も前に進まないのである。

　おそらくマロリーはエベレストに登頂するもっとも正当な権利があるのは自分だと感じていたはずだが、それはなぜかというと、技量とか体力とか経験とか、あるいは彼が所属する大英帝国が世界一強力な国家だからとか、そういうあれやこれやが理由なのではなくて、単に彼が世界でもっともエベレストに実存を絡めとられてしまった人物だったからである。私の理解では、人が山に登るのは「そこに山があるから」だ。しかし、その山は〈未踏峰エベレスト〉的な論理整合性のとれた存在としての山ではなく、それまでの登山の歩みの結果、逃れられない存在として、その登山家自身をのみこんでしまった〈自分の山〉のことである。

登山家が山に登るとき、そういう山がそこにあるのだ。

4

事態という概念をとおしてながめることで、人が冒険をしたり、山に登ったりする理由は以上のように理解できる。そして、人が危険を承知で冒険に飛びだす理由を理解できるということは、人が冒険によって死んでしまう理由もそれで解析できるということでもある。

何しろ事態は、相手あるいは対象との関わりがきっかけで生じる、意図を超えた制御不能な津波のようなものである。それを証明するように、マロリーは「そこに山があるから」と述べた翌年の最後の遠征で、山頂直下まで迫り、その後、行方を絶っている。

日本冒険史上の巨人・植村直己が死亡したのも、私には事態にのみこまれたがゆえ、と思えてならない。植村が亡くなったのは一九八四年二月の北米最高峰デナリ（マッキンリー）だが、彼がのみこまれていた事態とは、このときの登山対象たるデナリではなく、南極だった。南極大陸犬橇横断こそ植村直己の生涯最大の、そして見果てぬ目標であった。

夢の南極探検を実現するため、植村は一九七二年から七三年にかけて、グリーンランドのシオラパルクに滞在し、犬橇訓練をおこなっており、その様子は著書『極北に駆ける』（文春文庫）に記されている。それによると、彼のなかで南極が挑戦の対象としてにわかに浮上したのは、その二年前の一九七〇年八月に、のちに自分が命を落とすことになるデナリの単独登山に成功したときだったという。

彼はこんなふうに記している。

〈それまでの私の目標は、五大陸最高峰の単独登山にあった。一九七〇年五月のエベレスト（八八四八メートル）こそ単独登頂は不可能だったが、アフリカのキリマンジャロ（五八九五メートル）、ヨーロッパのモン・ブラン（四八〇七メートル）、南アメリカのアコンカグア（六九六〇メートル）と次々に目標を達成し、マッキンリーでこの計画を完了したのだった。それ以後、私は南極横断の夢にとりつかれたのである。日本列島徒歩縦断三千キロをおこなったのも、南極横断距離の三千キロを、実際にこの足で確かめてみたいと思ったからである。〉

五大陸最高峰登山という一連の挑戦で、山や極限環境と関わりつづけた結果、彼が思いついてしまったのが南極大陸犬橇横断だった。思いついたら、その時点でもうアウト、具体的な計画が姿形となって脳裏に浮かぶということは、それはもう事態として立ちあがり、十分それに絡めとられている証拠なので、あとはもうのみこまれるしかない。

事態にのみこまれた植村は南極にむかって驀進《ばくしん》を開始。犬橇をおぼえたそのシーズンに、シオラパルクからウパナビックという集落まで往復し、約二千キロを踏破するという、犬橇初心者としては、というか犬橇のベテランでもほとんど前例のない単独行を実行した（ちなみに植村はこの冒険を三千キロと書いているが、どう見積もっても二千キロに満たないので、ここでは現実に近い値を採用した）。さらに一九七四年から七六年にかけては、グリーンランド南部からアラスカのコツビューまで、いわゆる北西航路とよばれる海の道をこれまた犬橇単独行というスタイルで踏破し、極地探検史上、前人未踏の大旅行をなしとげた。一九七八年には人類初の北極点単独到達、刀をかえすようにその足でグリーンランド北端に飛び、またしても単独犬橇でグリーンランド初縦断と、やることなすことすべて成功させ一躍時代の寵《ちょう》児《じ》となった。

どこかに到達するという観点で考えた場合、植村は北極でできることを、ほぼ全部やり尽くしたといってさしつかえないだろう。彼の時代とはちがい、現代の極地旅行の主流のスタイルは、犬橇ではなく自分で橇を引くというもので、軽量化されたプラスチックの橇で、GPSや衛星電話等、テクノロジーの助けを借りるのが普通となった。考え方も変化しているし、文明の利器に助けられてもいるので、冒険家たちは無補給、単独等々、植村の時代には考えもつかなかった付加価値をつけて極点到達の難度を競いあっている。しかし、どこかに到達するという視点にしばられているかぎり、それらはすべて植村が達成したことのバリエーションにすぎない。人類にとって重要で主たる目標地点や縦横断対象のほとんどを、彼はあらかた片づけてしまった。彼がやらなかったのは北極海横断だけだ。

達成度だけではなく行為の難易度をとっても、植村直己は空前絶後の存在である。というのも、この本でも指摘したことだが彼が採用した単独犬橇行という移動スタイルは非常に危険で、それだけに難しく、厳しいからである。巨大氷が乱雑につみあがった北極海を、一人で犬橇をあやつり旅したのは人類の歴史上、植村だけである。グリーンランドからカナダへの海峡を一人で犬橇で越えたのも、おそらく彼だけだろう。たしかにかつてのイヌイット猟師は三月になると、毎年のように犬橇でカナダにわたり白熊狩りをしたものだ。犬橇や狩猟においてイヌイットが植村よりもはるかに高い技術をもっているのはまちがいないところであるが、それでも単独行は危険なので彼らはやらない。生粋《きっすい》の冒険者であるイヌイットでもやらないことを植村は、平然となしとげたわけだ。時代が要請する社会的意義と行為の難易度の両面からみて、植村直己の一連の犬橇北極行は、控えめに表現しても、人類史にのこる偉業だと私は思う。

それにもかかわらず植村本人は納得できなかった。というのも、彼の内部で生起した事態は北極ではなく南極だったからだ。

北極でどんなに大きな旅行に成功しても、それは彼の内部で立ちあがってきた事態の中心をかすめるだけだった、はっきり言ってしまえば、北極でなしとげた一連の歴史的冒険行は彼にとって南極の準備活動にすぎなかったのである。ところがそれほど思いつめた南極に、彼は結局とどかなかった。冒険の許可を得ることができなかったのだ。一九八二年についにアルゼンチンの軍部から協力をとりつけ、南極半島にある基地から南極点を往復する犬橇旅行と、南極大陸最高峰ヴィンソン・マシフの登山の許可を取得し、念願かなったかにみえたが、悲運にも出発前にフォークランド紛争が勃発し、基地から出られないまま越冬して終わることになった。そして帰国した翌年二月に厳冬期のデナリで行方を絶つのである。

最後のデナリ登山のときも、植村の頭を占領していたのは南極のことだったようだ。登山の直前にテレビ朝日の大谷映芳《えいほう》ディレクターがインタビューをおこなっているが、それを読むと、デナリ登山の目的を訊ねても、植村は南極のことばかり語っている。

〈大谷　今回のマッキンリーの目的というのは何ですか。

植村　別にないんじゃないですか。まあそれは冬の単独での初登頂をやりたいという気持ちは一応あるけれども、そんなことよりも、やっぱり南極に行きたいという一つの大きな気持ちがまだ抜け切っていないので、極地の冬の山を自分で試しに登ってみて、たとえ頂上に着かなくてもいいと思っているんですけどね。まあ、それは着きたいのはやまやまですけれども。何か南極の糸口がみつかればいいと思っているんです。〉

〈（前略）やっぱりおれなんかはなんといっても南極に行きたい。残念ながら一年南極でがんばったけれどもギンソン＝マシフに達することができなかった。不幸だったといえば不幸な感じがするけれども、でも逆に登れなかったからこのマッキンリーの冬に今来ているんだ

という、そういう自覚みたいなものがある。〉
〈やっぱり自分でギンソンが登れなかった、くやしい、畜生という感じが残って、この極地のマッキンリーに冬に入ってやろうと思った。(中略)で、もしこれがうまくいってくれれば、これからどうなるかわからないですけれども、南極の交渉でカナダのイエローナイフのほうへ行く予定をしている。〉(本多勝一、武田文男編『植村直己の冒険』朝日文庫)

これでは大谷ディレクターも植村がなぜデナリに登ろうというのか、さっぱりわからなかったにちがいない。驚いたことに、植村はこのデナリ登山の目的を別にないと明言しているのだ。自分が死ぬかもしれない、そして実際に命を落とすことになる最高度に厳しく困難な登山に挑もうというのに、これはなかなかいえる台詞《せりふ》ではない。ただただ、前年の南極行が失敗したのが悔しくてデナリを登ってやろうと思ったというだけだ。デナリと南極がどうつながっているのかよくわからないが、とにかく冬のデナリに登ることで南極につなげたいと考えているのである。

しかし、私には植村の気持ちがなんとなくわかる。植村が、彼にとってまったく本質的ではない冬のデナリにむかったのは、おそらく年齢にたいする焦りが強まっていたからだ。植村はまもなく四十三歳になろうとしていた。私もこの原稿執筆時点で四十三歳だ。四十歳をすぎると、人間、いやでも肉体の衰えを自覚する。体力の低下は避けられないし、それよりも実感されるのが気力の衰えだ。三十代までなら、どんなに厳しい活動でも、事態にのみこまれて次にやるべきことを思いつきさえすれば、その瞬間にぱっと旅立つことができる。しかし加齢とともに腰は重くなり、厳しいことをやるのが億劫《おっくう》になる。いろいろ言い訳を見つけて先延ばしにする。肉体の内側から噴き出す炎、すなわち生命力が低下してくるのである。

このインタビューで、植村は年齢の不安についても率直に吐露している。植村はこのとき登山靴ではなく極寒地用の暖かいエアブーツを使っていた。また難しい登攀ルートではなく技術的には容易な一般ルートからの登頂を考えていたのだが、こうした選択をわれながら軟弱だと自己評価していたようで、質問されたわけでもないのに突然ぶつぶつと年齢を理由に言い訳をはじめる。

〈でもやはり年代がだんだん経ってきて、もう年齢も四〇過ぎたし、二月一二日には四三歳の誕生日を迎えるんですけれどもね、こういう年齢になってきて体を動かさなくなってくると、自分のやれる範囲の中での登山ができればそれでいいんだと。〉

植村は年齢にたいする負い目を感じていた。加齢で自信喪失に陥っていたといってもいいだろう。自分はもう、何のサポートもなく、一人で北極圏を犬橇で駆け抜けていた頃の自分ではなくなった、とのそういう自覚があった。

植村直己の遭難を理解するには、デナリ登山を単体でとりだして検証してもわかるものではなく、彼の生の流れをトータルに見つめないと答えは見えてこない。私の推測ではあるが、おそらく彼は加齢で、自分の冒険家人生の先はもう長くはないと自覚していたはずだ。しかし、一方で彼はまだ南極犬橇行という夢をあきらめきれないでいた。いったい彼以外の誰に、一人で南極大陸を犬橇で横断できる、などと思えるだろうか。そんなことは植村直己以外、考えつかないのだ。それは彼の長年の冒険家としての経歴があってこそ引き起こされた事態であり、その意味で彼に固有の、彼だけに可能な思いつきだった。しかし、それをまだやっていないのだ。自分だけに可能な表現行為、これをやらなければ自分の人生は中途半端なものに終わってしまう。そういう思いに彼はとらわれていたはずだが、現実には南極行の許可が取れない。そして四十三歳となり、気力も低下し、のこされた時間は長くないと感じる。冒険家として現役で活動できるのは、あと二年か、三年か……。

のこりわずかとなった時間を無為に過ごすことが、植村には何より恐ろしかったにちがいない。私自身、その恐ろしさを身に染みて感じている。何もやらずにワンシーズン無駄にすれば、そのぶん気力の低下は進み、もういいやと腰を下ろし、どこにも旅立てなくなるかもしれない。とにかく何でもいいから、身体を動かし、現役として次の年につなげなければならない。身体を動かしつづければ、そのうち南極に届く日がくるかもしれない。彼が語った、デナリを登ることで南極の糸口を見つけたいという言葉は、そういう意味だったと私はみている。

遠く離れたデナリと南極。まったく関係のなさそうな冬季単独登山と単独犬橇冒険行。しかしこの二つは彼の身体をつうじてつながっていた。植村直己が遭難したのはデナリゆえではなく、その背後に広がる南極大陸ゆえだった。彼は若い頃にのみこまれた南極という事態から最後まで逃れることができず、そのなかでもがき、あがき、命をうしなったのである。

終章　人生の固有度と自由

1

四十三歳をすぎた頃、私は自分の人生が下り坂に入ったことを明確にさとった。十八歳の頃は人生が下り坂に入ることなど想像できなかったし、もっといえば想像しようと考えたことすらなかった。人生というのは延々と登りつづけてそのまま天国（地獄）へといたる階段につながっているのだとばかり思いこんでいた。二十六歳のときも同じである。三十七歳のときも、そろそろ人生の頂上が近づいてきたかなぁという感覚はあったが、下り坂のことが想像できないという点ではさして変わりなかった。ところが四十三歳をすぎたときに、あ、おれはもう下りはじめている、とはっきり認識したのである。

　このとき私は人生のピークをすぎたのだ。

　陳腐であるが、やはりこれは山登りにたとえるのがわかりやすい。ただし、槍ヶ岳《やりがたけ》みたいな天を衝《つ》く鋭峰ではなく、上越の名峰平ヶ岳《ひらがたけ》のような、山頂が平らでどこがそれだかわからない丘みたいな山である。

　ひとまず四十三歳を人生の絶頂と仮定し、そこを平ヶ岳山頂だとしよう。となると、十八歳はだいたい四合目、二十六歳は六合目あたり、三十七歳も九合目で、要するにずっと登り道がつづいてきた。登っているかぎり、下り道は山頂の反対側にあるから視界に入らない。見えない以上、その存在を覚知することもない。下り坂なるものがあるらしい、ということは、いろいろな噂や周囲の老人、アパートの管理人のおばさん、両親等を見れば理解できることであるが、経験をともなっていないので自分が現実に下ることは想像の射程圏外でありつづける。

　下り道だけではない。それどころか平ヶ岳はのっぺりとした山容で、かつ登山道はブナ林にかこまれているので、どこに山頂があるのかさえ判然としないまま登ることになる。こうした環境のなか、私は必死に登山道を登りつづけてきた。そして遮二無二道をたどって四十歳にさしかかる。もちろん、この頃になるとさすがに私も阿呆ではないので、ほぼ人生の頂上に近づいたことは気配から察せられるのだが、しかしなにせそこは平ヶ岳、絶峰天を衝く槍ヶ岳とちがい、山頂が平坦すぎて、どこがピークかは標識でもないかぎり厳密にはよくわからない。そして遺憾なことに、人生の登山道に標識は立っていない。というわけで、どこが山頂かなぁ、そろそろだけどなぁ、などときょろきょろしながら道をたどり、そして四十三歳の誕生日をすぎてしばらくたった頃、アレと様子がおかしいことに気づいたのである。どこがピークかわからなかったものの、いつのまにやらすぎてしまっていたらしい。というのも、あきらかに道が登りから下りに変わっているのがわかるからである。

そして下りに変わった途端、今まで見えなかった景色がひろがった。その景色とは地上である。地上とは山を下りきった場所のこと。登りのときには上しか見えていなかったので意識することさえなかった終着点が突如、視界にあらわれたのだ。

いうまでもないことだが、地上とは老後であり、死のことである。

老後など、それまで私の脳裏の一端をかすめたことさえなかった。それが、頂上を通過し、下り坂に入った途端、私の頭の片隅ではつねにそれがちらちらするようになり、ふとした折にそのことを考えてしまっているのである。

といっても、べつに老後にそなえて今から貯蓄にはげもう、などと殊勝なことを考えているわけではなく、老後に何をして遊ぶかが意識の片隅にのぼるようになった、ということである。老後というと皺だらけの爺さんになったときの姿が思いうかぶので、もう少し長い期間を射程にいれて余生といったほうがいいかもしれない。

たしかに私はまだ四十四歳になったばかりで頂上直下を下りはじめたばかりの段階だ。身体も動くので、一年のうち五カ月ほどは北極で犬橇狩猟漂泊に従事する、などという無理もできている。しかしすでに下りに入ったことはあきらかであり、やがてそれができなくなることも、また明白なものとして実感される。五十になったらたぶんもう北極には行けないだろう。行けたとしてもハードな旅は無理ではないか。正直、今だって徐々に腰が重たくなってきているのだ。となると五十以降はハードな探検ができない余生となることは確実で、仮に人生八十年として、自分もそこまで生きるとすると、余生がじつに三十年もあることになる。しかも私は長生きしたいタイプの人間で、八十とはいわず百歳ぐらいまで生きるつもりなので、そうなると余生は五十年だ。

三十〜五十年もいったい何をしたらいいのか。これは目もくらむような難題で、とても放置するわけにはいかない。だったらそのときにそなえて、北極と並行して、老後にできる、ややマイルドな活動も今からはじめたほうがいいのではないか。

今、具体的に頭に上っているプランは①北海道に小屋を購入し、北極の犬をつれてきてこっちで犬橇をはじめる、②只見《ただみ》あたりの山奥に小屋を見つけ、夏は渓流釣り、冬は鹿狩りを満喫する、③鴨撃ちをはじめる、④スピアフィッシングをはじめる、などである。このように先々の問題に今から手をうっておけば、七十まで悠々自適に暮らすことができるだろう。今はまだ自分の極限に到達したい、作品としての人生の完成度を高めたい、との気持ちが強く、それを優先させているが、余生ともなると、もうそのような我執から解放されているはずで、その意味で余生の活動は気軽なはず。今の北極での本気の活動からつらい部分をそぎおとしておもしろいところだけを抽出したようなものであるわけだから、今よりむしろ楽しめそうだ。

考えれば考えるほど、嗚呼、余生は楽しそうだ、しんどい北極での活動や日高山脈での地図無し登山などから足を洗って早く余生に突入したいものだ、とさえ思う。ついでに、探検をやめると書くことがなくなり収入が途絶えるかもしれないが、そのときは妻にスナックで働いてもらおう、などというけしからぬ考えも頭をよぎる。

急に老後あるいは余生が射程に入る。一、二年前には見えていなかった風景が、曲がり角を曲がったみたいに突如視界にひろがる。これはおどろくべき新局面で、人生観の変化という意味では子供の誕生に匹敵するものがある。子供が生まれたとき、私は自分が〈角幡唯介Ver.1.0〉から〈同2.0〉にバージョンアップしたのを感じたが、人生の下り坂に入って地上が見えた今、〈同2.5〉になったなぁ、とそんな感慨があるのだ。この唐突な認識の変化は衝撃かつ驚愕、同時に非常に興味深く、自分はこんなふうに変わるのか、おもしろいなぁ、笑えるなぁとも思うので、物を書いている身としては是非ともそのおもしろさを記したいとの衝動に駆られる。というわけで書いた次第である。

さて話をもどすと、このように人生とは平ヶ岳登山のようなものである。気力漲《みなぎ》る三十代までは人生の上昇期で、いつまでもこの登り坂がつづくと錯覚しているが、四十をすぎると肉体や気力が衰え、不可避的にその行きつく先が意識される。この衰えは徐々にはじまるが、そのまま延長すれば現実的な死につながっていることはわかる。若い頃の私にとって、死とは突発的な死、すなわち登山や探検により引き起こされる遭難死だったが、四十代になり見えてくる死は、〈今〉がそのまま延長され、その先の時間軸上に必然的に待っている緩慢な肉体的死、すなわち終焉、命果つるとき、病死、老衰、大往生的な死である。

遭難系の突発的死と老衰系の緩慢な死。この二つの死は同じ死でも存在論的にまったく異なるあり様をした死である。

遭難系の突発死には基本的に予期というものがない。登山や冒険のときに本当に死を内在化できるか、私は疑問に思っている。たぶんできないのではないか、する必要もないのではないか、と思う。死を内在化するとは、死を覚悟するのとはちがう。これまで私は探検冒険におもむく際、死を予期し、避けられないものとして従容《しょうよう》として受けいれ、未来の死を前提に今を生きる、という意味で死を完璧に内在化したことはない。若い頃、チベットの無人峡谷地帯を単独で探検したときは三割の確率で死ぬだろうなぁ、まあそれも仕方あるまい、と漠然と覚悟し、それに納得したうえで出発したが、それでも死を内在化できていたわけではない。というのも、私の探検は神風特攻隊とはちがい、ほぼ確実に死ぬことが前提となっているわけではなく、生きて帰ってくることが前提となっているからである。

生還が前提なので、死を予期し、内在化して行動することは不可能である。もちろん私にも、今回の探検では死ぬかもしれないから、つねに注意を怠らないようにしよう、という意識は当然ある。しかし死を内在化するとはそういうことではない。死を内在化するとは、先ほども言ったように死を予期し、それをかみ砕き、近い将来、自分は確実に死ぬ、ということを前提にそのときどきの行動を組み立てるということであり、私は探検や冒険にあたりそういうことをしたことはないということである。特攻隊は死を予期していたからこそ、お国のために、今上陛下の御ために恥ずかしくない生き様を見せようと、その予期した死をとおして現在を生きていた。しかし探検や冒険の場合はそうではない。明日、おれはあの岩壁で滑落して死ぬ、だから今日の登山を精一杯頑張ろう、などというふうに思考は展開しない。登山や冒険は自殺ではないので、明日死ぬことが予期できれば普通はさっさと下山するだろうし、あるいは確実に死ぬことが予見できるほど手に負えない山であれば登らないだろう。

登山家や冒険家が挑戦するのは、もしかしたら三割ぐらいの確率で死ぬかもしれないけれど、たぶん生還できるはずだ、という対象であり、行動中に予期しているのは死ではなく、生である。明日も生きているはずだから今のこの悪場をなんとか乗り切ろう、と全力を尽くすわけで、明日の死ではなく明日の生をとおして今現在を生きている。死はあくまでその予期が崩れたときに発生するアクシデント、内在化していなかったからこそ、登山家や冒険家は確実な死が目前におとずれたとき、ただならぬ事態に愕然とし、それを受けいれることなく拒絶し、必死に生きようとあがくわけである。

ところが四十三歳という山頂をすぎて見えてくる地上という死は、これとはちがって予期される死である。たとえ三十年後、四十年後であろうと、それがおとずれることにまちがいはない。この死は動かしがたく、どうしようもない。死が動かしがたいことは私が母胎よりこの世界に生まれ出たときから決まっていた宿命であるが、しかしその宿命は山頂にむかって登り一辺倒だった四十二歳までは不覚にも見えていなかった。全然気にならなかった。迂闊なことにすっかり忘れていたのだ。ところが人生の山頂に達した途端、この避けられない死は嫌でも目に入る。

予期されるということは、その予期された未来をとおして現在を生きるということであり、換言すれば現在の風景に未来の死、あるいは老後というフィルターがかぶさるということだ。北極探検と並行して余生の活動が頭をかすめるのは、自分が現に生きる今現在という時間のなかに未来の死や老後が覆いかぶさってくるからである。予期され、その予期をもとに今の時間が構成されているという意味で、これは存在論的には特攻隊の死と同じ範疇の死である。

このように考えると、四十三歳というのは人が終焉としての死を直視する年齢といえるのかもしれない。肉体が老化し、不可避的に死がおとずれることが自明なものとして理解される、人生の無常さがしみじみと感じられる、四十代はそういう年代である。

なんと暗い話であろうか。……と、これだけではそう思われるかもしれないが、では老後が頭をかすめるその私が、日々、沈鬱な気分で紅色の夕陽をながめているかというと、そんなことは全然ない。四十代の日々は暗いのか、否、別に暗くない。気持ちはネガティブか、ノー、とてもポジティブだ。というより、右肩と左肘の関節に痛みがあることをのぞけば、むしろ楽しい。あなたは今、二十代の頃にもどりたいですかと訊かれれば、別にもどりたくないと答えるだろう。三十代の頃より細かなことが気にならなくなり、むしろ解放感があるぐらいだ。

いったいこれはどうしたことか。人生のピークをすぎて下り坂に入り、終焉としての死が見えはじめたのに解放感がある。そう、私は今、三十代の頃よりなんだか自由になった気がするのだ。

2

最近、私がしみじみと感じるのは、人生の自由というものも、事態にのみこまれ、のみこまれしているうちに自分自身が変状することで得られるものではないか、ということである。なぜ事態が自由につながるのか。最後に考えたいのは、ここである。

事態には歴史性があり、人はその歴史性に沿って次なる事態にのみこまれ、それを延々とくりかえす。それが人生というものにたいする私の構造的な理解である。長期犬橇狩猟漂泊は、北極という土地と関わるというこれまでの経歴の結果、生起した事態であり、植村直己の南極もまたしかりであった。この理解をもとにすると、人が生きるということは、偶然がきっかけとなって他者（人間以外もふくむ）との関係が生じて、その関わりのはざまから制御不能な事態が生起し、それにのみこまれ、そこから次の、それまでとちがった新しい未来が切り拓かれることの連続的推移だといえる。

偶然の出来事→他者との関わり→事態の胎動→関係の進展→事態の隆起→事態に併呑《へいどん》される→新しい未来の開闢→五年前に想定していなかった人生（結婚生活、犬橇漂泊、自宅の購入、三十五年ローンの契約など）、とこういうことになる。

人生とは事態の発生により次々と展開するひとつの物語である、というのがここまでの私の一貫した主張だった。

だが、となると次のような疑問が生じる。

事態が過去の足跡の帰結によって生じるものなら、それは過去の結果にしばられるということでもある。つまり事態とは過去の因果にすぎない。となると未来も過去の足跡によってしばられることとなり、その結果、人生が過去によって導かれるごくせまい範囲に押しこめられてゆき、どんどん窮屈に、不自由なものになっていくのではないか？

なるほど、その意味では私の人生は二十代の頃より今のほうが確実に不自由になっている。そのことに議論の余地はなく、しかもそれはまちがいなく事態にのみこまれた結果だ。

事態にのみこまれたことで私は結婚し、子供が生まれ、ローンを組んでマイホームを購入した。そのわずか数年前まで家の購入に異様なまでの嫌悪感をおぼえ、営業でアトランダムに電話してきた不動産業者に「家なんか興味ないから電話してくんな」と啖呵《たんか》をきって喧嘩になるほどだったのに、あっというまに百八十度の方針転換だ。探検活動のほうでも粛々と事態にのみこまれつづけたことで、私はすっかりグリーンランドでの狩猟漂泊に魅了されてしまい、結果、犬橇を開始することとなり、現地にもうひとつ、私のことをその地につなぎとめる足枷（犬十二頭）ができてしまっている。今の私は犬と一緒に長期漂泊を実行するため、訓練もふくめて毎年五カ月間も現地に滞在しなければならない成りゆきに追いこまれており、ある種の二重生活者と化している。

じつに不自由なことである。

考えてみると三十五歳以降、私の人生は日本および北極の双方において、毎年のように事態の津波に見まわれ、思いもよらぬ方向にどんどん傾いていった。結婚して家など買ったせいで、好きなときにヨットでふらふら三年ぐらい放浪する途も事実上閉ざされたし、北極のほうも犬の存在がネックとなり、今年はグリーンランドではなくてカナダにしよう、などといった気儘《きまま》な選択がゆるされなくなっている。というのも、カナダに行ってしまえばグリーンランドにのこした犬たちの面倒を見る者がいなくなり、餌やりに困った地元村人に殺処分されるかもしれず、それはしのびないからである。すでに今の犬どもには私の私性の少なくない部分が憑依しており、その犬がいなくなることは人生が半分瓦解することを意味するのである。

なんたることか。女や北極といった他者と関わりをもったせいで、結婚生活、子供、家、犬といった荷物が増え、私の人生からは好きなときに好きなことをやるという気楽さがうしなわれた。方向性のがちがちに固まった不自由なものになってしまったのだ。

そんなことになるぐらいなら事態にはなるべくとらわれないようにして、人生の方向性をしっかりと管理したほうがいいのではないか。結婚の事態性を論じたとき、私は、理性にもとづいた選択により結婚することはできない、それは損得勘定である、理性で判断すれば結婚とはリスクの塊で狂気の沙汰、人が結婚するのはそうした合理性を超えた事態なのである、と散々主張したが、事態にのみこまれたことで人生が不自由なものになるのなら、やはり多くの人が実感するとおり、結婚というものをきちんと合理的に考え、人生設計し、コントロールできるように心がけたほうがいい、ということになるのではないか。

実際、結婚して自由がなくなった、結婚なんかしなければよかったと嘆く男のなんと多いことか。

私が思いだすのは、新聞記者時代によく官舎に夜まわりした、とある警察署長の言葉である。この署長は捜査情報など記事につながることは何ひとつ漏洩してくれなかったが、でもとてもいい人で、家族への愚痴は訪問のたびに漏洩した。角幡君、結婚だけはしないほうがいいよ。それが彼が五十数年の人生で獲得した最大の教訓だった。それはなぜかといえば、自由がなくなるからだ。署長は官舎に一人で暮らし、奥さんがしばしば身のまわりのものをもっておとずれる。私も彼女に何度か挨拶したことがあり、満更顔を知らないわけでもなかったが、そんなことはおかまいなしに署長は、角幡君、結婚だけはよしなさいと微笑して言うのだった。その話はもういいから捜査情報をくれよ、署長、と私はそう不平をいだきつつ相槌をうったものだ。

と、このような筋で考えてゆくと議論はおかしな方向に展開してゆく。というのも、これでは事態にのみこまれると署長のように不自由をかこつことになり、それは生き方としては失敗である、本書の内容は全部誤っていました、ごめんなさい、お金かえします、ということになりかねないからである。

そうではない。話をもう一度もとにもどすと、現実問題として今の私は人生が昔より自由になったと感じているのであり、これを検討課題にしたいのである。

私もまた署長同様、妻子や犬にかこまれたせいでヨットで旅をする自由をうしなった。しかし同時に、外的自由を喪失したのに内的自由を感じている。

ということは、家や妻子や犬に外堀を埋められた今の外的状況と、私の内的感覚が矛盾をきたしているということである。では、この矛盾はいったいどこから生じるのだろう。というか、その前にこれは本当に矛盾といえるのか。

①私が直面する外的状況としての不自由

②内的感覚としての自由

この一見すると矛盾しているように見える二つの自由をよくよく検証してみると、まず外的状況としての不自由における自由の意味であるが、これは〈ヨットで海外放浪する〉というような意味での自由であるから、つまり〈放縦《ほうしょう》〉であり、〈誰に気兼ねすることなく好き勝手にやる。気儘にやる〉という意味での自由である。これにたいして内的感覚としての自由は〈三十代の頃より細かいことが気にならなくなった〉〈なんだか解放感がある〉という自由であるから、要するに〈自分以外の別のものに自分がとらわれていない〉状態のことであり、より正確にいえば〈自律的であれている〉〈おのれ自身の内在的論理にしたがって生きることができている〉という意味での自由である。

放縦、気儘という意味の自由と、自律的であるという意味での自由。この二つの自由のうち、どちらが本物の自由かといえば、後者の自律性のほうであろう。放縦・気儘系の自由は、自律性という意味での自由があってこそ生じる自由の副産物であり、イメージ的に語れば、自律性という自由がまず母胎としてあり、そこから放縦・気儘という自由が子供のように生みだされてくる、という感じであろうか。だから放縦・気儘でなくても自由であるという状況はなりたつが、自律性のない自由はありえない。

少なくとも冒険中に実感される自由は放縦・気儘ではなく、自律的であるという意味での自由である。

冒険の自由とは何か。たとえば人間界からはるか四百キロも五百キロもはなれた遠隔の地で、誰とも接触せず、連絡もとらず、家族も友人も世界の誰一人として私が生きているのか死んでいるのかわからない、といった孤絶した状況で旅をしているとき、私は、嗚呼、なんかいいな、自由だな、と感じる。これが冒険の自由だが、ではこのときの私が放縦や気儘を堪能しているかといえば、そんなことは全然なくて、むしろ、今日はどこまでに何キロ進まなくてはならないとか、食料が足りなくなったから是非とも獲物を手にいれなければとか、ひどい嵐だが何とかテントをたてなければ、などといった、旅を持続させ、生存を維持するための諸々の義務的活動に日々追われているわけである。でも、それにもかかわらず、このとき私は自由なのである。

なぜ自由なのかというと、それは私が孤絶しており、ほかのあらゆる人間との接触が断ち切られているからである。さらにいえば他者の管理、あるいは支配の手から逃れているからだ。孤絶しているということは、すべてを自分でやらなければならないということだ。様々な局面に応じて判断をくだし、その判断をもとに行動し、その判断が正しければそのまま生きているだろうし、まずければ死ぬかもしれない。つまり過酷な自然環境のなかで孤絶すると、私をとりまく不純な要素がいっさい排除され、自分の判断、行動の結果が命に跳ねかえってくる。考えてみるとこれはとてもわずらわしく、肩の荷の重い状態であるが、同時にシンプルで無駄な要素の無いすっきりとした状態だともいえる。地球上で一人孤絶していると き、私は、判断→行動→生命維持という循環が成立し、自分という人間が一個の生命体として完結できている、独立した運動体として存在できている、と感じる。これこそ完璧な意味で自律的な生の状態であり、自由とよばれているものの始原である、と私は思う。

外部と連絡をとる手段をもたず、単独で、人間界にもどるには何十日もかかるといった極限自然環境のなかにおり、何かまちがいが起これば死ぬ、という完璧な孤絶状態にあるとき、その人は真に自由である。だから孤絶度が低下すると自由度もそのぶんさがる。たとえば単独ではなく三人でチームを組んだら、皆で状況判断することになるから単独で行動するより自律性は低くなり、自由ではなくなる。衛星電話で定期連絡をとり、万が一のときは救助を要請するという態勢をとれば、安全度は高まるが、最終的な生命維持を他人の手にゆだねる以上、これも自律性を侵害する。社会的倫理や善悪の基準をここにもちこんではいけない。自由度がさがっても安全度が高まればそれは良いことであり、善だといえるかもしれない。だから自由より安全度を優先してチームを組む、衛星電話を持つという判断は、当然のことながら選択肢として存在するし、通常そうするわけだが、その選択と引きかえに自由度は低下するのだから、自由という観点だけから見れば価値が低下することになる。要は善し悪しの問題ではなくて、孤絶して生命維持のための自律的サイクルが純粋になればなるほど自由であり、その行為の手応えやおもしろみは増すのだけれども、でもそのぶん危険度も高まりますから覚悟しましょう、ということである。

と、このように考えると、人間的自由の根底にあるのはやはり放縦・気儘ではなく、いかに自分の生を自分で統御するかにつきる、ということがいえるのではないだろうか。生にたいする自律度がさがると、それは他者の管理に生をゆだねるわけだから、そのぶん自由は侵害される。そして、ここでいう自律的自由とは判断や行動が自分の内在から生まれてくる、ということである。そうなると、私が年齢とともに近年高まっていると感じる内的感覚としての自由、それは、冒険におけるこの自律度の高まりと本質的に同じなのではないか、と思うのである。

3

人間四十年も生きれば、通常様々な方面と思わぬ関わりが生じ、結果、好むと好まざるとにかかわらず色々な事態にのみこまれるわけで、生きるとはすなわち不測の事態の連続、それにより、たしかに署長が嘆くように放縦・気儘方面の領分はせまくなるものの、それとは別に、いやそれゆえに人生の自律性は高まるのではないかと、最近そんな思いがつよまってきた。

なぜ、事態にのみこまれると人生の自律度が高まるのだろう。齢《よわい》を重ねて事態にのみこまれればのみこまれるほど、人生の固有度が高まるわけだが、この自律性はどうもそれと関係があるように思える。

では、固有度が高まるとはどういうことだろうか。

私の理解によれば、固有度が上昇する秘密は、事態にのみこまれた際に生じる、小さな方向性の存在に起因するのではないだろうか。

顧みれば、事態とは意志や意図を超えた制御不能なものなので、何度ものみこまれていくうちに、自分自身がどんどん変状し、五年、十年たつとすっかり生活環境や考え方や人格が変わってしまったよ、との結果をもたらすものであった。自宅の購入という行為を小馬鹿にして不動産屋と口論していた私が、その舌の根もかわかぬうちに結婚という事態にのみこまれ、結果、ローンを組んで家を買ったわけだから、その変状ぶりは笑えるほどである。

この事態→変状の過程をとりだしてみると、ひとつひとつの事態にのみこまれるたびに、この大きな変状へとつづく小さな方向性が生みだされている、ということに気づくはずである。事態にのみこまれると、関係のはざまから新しい未来が開闢し、私たちは否応なくその新しい未来に投げこまれる。そこで踏みだされる一歩は、わずかな一歩にすぎないかもしれないが、しかし、ある方向性をしめすという点で見れば、それぞれが決定的なものでもある。たとえば、はじめて極北カナダを旅したときに私がおぼえた、GPSを使うと北極の大地からの遊離感が生まれるのでよくないなぁという感覚、これがひとつの事態である、と前に書いたが、この事態のなかには確実にそれ特有の、ある方向性が存在している。この方向性を単体でとりだすと、それだけでは大したことのない微妙な方向性ではあるが、たとえ微妙でも、これは極北カナダに行き、その土地と関わったことで発生した、そのとき、その場でのみ生じうる偶発的方向性であり、であるからこそ、それ以前の方向性とは少し角度がズレている。

角度がズレているというのがどういうことかというと、それ以前の方向性というのは、北極に行ってみようという方向性はあったものの、別に北極に行って目的地に到達できればGPSを使おうが何をしようが手段は問わない、という方向性だった。ところが実際に旅をしてみるとGPSはよくないという事態が生じ、のみこまれたわけだから、この事態の方向性は、それ以前の方向性と比べると、北極に行くという全体的な方向性は一致しているものの、〈GPSを使ってもいい／よくない〉という点で見ると角度のズレが生じている、ということだ。

そして次の旅は、このときの事態がしめす方向性にしたがって企図されるわけだから、北極に行く、でもGPSは使わない、というものになる。で、GPSは使わずに天測で旅をしようという思いつきが生まれて、実際にそのとおり旅をする。するとまた旅の途中で事態にのみこまれて、土地との関わりを深めることによって可能になる旅があるのだ、というような新しい認識にいたる。すると、この事態にもまたそのときにのみ起こりうる偶発的方向性があり、それ以前の方向性から多少ズレるわけである。全体的にはそれ以前の方向性の向きにしたがっており、北極で活動することは変わらないが、細部にズレが生じ、次の旅はそれ以前とはズレた方向性にしたがってまた企図されるので、狩りを前提に漂泊しよう、などということになる。

このように旅をして、旅の対象と関わり事態にのみこまれるたびに、それ以後の未来は、それ以前の方向性とはやや角度のちがう、新しい方向にむかうようになる。ひとつひとつの事態の方向性は小さいのだが、のみこまれるたびに方向性の角度のズレが累積していき、やればやるほど一般的な地点からどんどんズレていき、最初は軽いプラ橇やGPSを使った、いわば業界的にはまったく標準的なやり方で北極を旅行したのに、気づくと犬橇に乗って狩猟者視点で長期漂泊しよう、などというようなほかの冒険者とはまったく異質なやり方で旅を企図するようになっている。こうして私だけに可能な固有の思いつきが生まれ、気づくとおのれ自身、まったく想像もしなかった人間に変状しているのだ。

そして、この方向性がその人独自の固有的なものとなるのは、事態が意志や意図、つまり自分の思惑とは別の場所から生じるものだからだ。

重要なのは、やはりここであろう。

もし、これが理性にもとづき、合理的に、よし、こうしようと意志的に選択していたものなら、そこから発生する方向性は、その人固有のものになるだろうか。ほとんどの場合、そうはならないのではないか。

すでに述べたように、理性は生き物としての存立確保、すなわち未来予期によるリスク回避をその本性としている。本来は無秩序で渾沌としており明日何が起きるかわからないこの現実世界を、無秩序なまま額面どおりに受けとめていては、明日自分が死ぬかもしれないという不安のなかで一生を過ごすことになり、それはしんどいことである。普通の精神の持ち主なら狂気に陥ってしまうかもしれない。なので、渾沌とした現実を均質的で固定的な秩序だった仮想空間に認識しなおし、それによって未来を予期できるようにしようという傾向を、人の精神はもっている。もちろん実際に正確に予期できるわけではないが、予期できたような気分になれば明日はいったいどうなるんだろう、という不安から解放されて安心できるわけで、それでよし、この作用により人間の存立は確保される、というわけだ。

このように私たちは完全に未知で謎であるはずの未来から、ひとまず未知性を剝ぎとったことにしておき、日常をつつがなく生きているわけだ。だから、何か行為に及ぶに際しても、その対象から未知性を剝ぎとっておかなければ、耐えがたい不快感をおぼえて落ち着かなくなる。たとえば客人とよく知らない街で会食することになったとき、多くの人は駅前で待ち合わせをして行き当たりばったりでそのへんの店に飛びこみで入るというような冒険はさけて、インターネットサイトで情報を収集して、口コミで評判の飲食店を探すはずだ。これはなぜかというと事前に評価の高い店を情報収集しておいたほうが外れが少なく、客人を不味《まず》い店に案内して、雰囲気が気まずくなるリスクを避けることができ、その意味で理にかなったことだからである。これを私なりの言い方で表現すれば、情報収集により未来予期を高めて不安感を剝ぎとり、そのことでおのれの存立確保をはかっている、ということになる。

だが、このように情報収集して世間の評価を気にして店を選んでしまえば、たしかに外れは少ないかもしれないが、その会食行為は事前検索した評価をたしかめるだけという予定調和的でつまらないものに終わり、飛びこみで店に入ったときのような、予想以上に旨くて感動した、とか、とんでもなく不味くて怒りに震える、といった想定外の結果は得にくくなる。いやいやそんな想定外の結果なんて欲しくないですから、と言われそうだが、要するに私が言いたいのは、理性により何か行為にあたると、どうしても未知なる現実を避けて未来を管理しようとする傾向が生まれるため、世間一般で妥当と考えられている方法や基準をもちいがちになり、結果としてほかの皆と同じ無難な選択をしがちになる、ということだ。だからその結果はその人に固有なものになりにくくなる。

しかし事態にのみこまれた結果として展開される行為は、このような理性的な意志による行為とは、まったく対極の位置にある。なぜなら事態とは、未来予期を前提とした認識によって封殺されていた渾沌とした本来の現実、そこから出来してくる計算不可能な状況のうねりであるからだ。渾沌とした現実とは偶然の出会い、目の前でたまたま起きた事件、何を考えているのかわからない異性等々のことである。事態とはこれらと関わり、そのとき、その場だけに生じる方向性にしたがって未来が開闢する状況のことであるので、その未来は理性的意志によって切り拓かれる未来とはちがって、平準化や一般化をまぬがれておりその人だけのものとなる。

4

他者との関わりのきっかけとなるあらゆる出会いは、このように偶然によってもたらされる。偶然とはそのとき、その場でしか起こりえない物事の契機のことであり、その意味で理性や意志といったものを超越している。

私に結婚という事態が生じた、そのそもそものきっかけである学生時代の友人との飲み会。そのとき私が下心をだして会社の女性をつれてきてくれと要請しなかったら、そしてのちに私の妻となる女が興味をしめさずこの飲み会に参加しなかったら、私にはまだ結婚という事態が生じていなかったかもしれない。私が下心をだしたこと、そしてのちに妻となる女が飲み会に顔を出したこと、それ自体は偶然である。

また私が北極にかようようになった、つまり極地に関心をもつことになった最初のきっかけである学生時代の読書。それは一九九八年に探検部の仲間とチベット探検の偵察に行く途中の客車のなかで読んだ『世界最悪の旅』（チェリー・ガラード著、加納一郎訳・朝日文庫）という南極探検の古典のことであり、じつはその読書が引き金となり、私は後年、北極探検に精をだすようになったのだが、もしこのとき私が『世界最悪の旅』でなく、ヨットによる世界周航記を読んでいたら、私は北極探検ではなく海洋冒険の世界に一歩踏みだしていたかもしれない。学生時代に旅の暇つぶしに『世界最悪の旅』という極地文学の書物をえらんだこと、これもまた完全に偶然である。

そのとき、その場かぎりの偶然がきっかけとなり結婚や極地探検という事態が胎動しはじめる。理性とは無縁のところで何かと関わることで、未来予期のできない、本来の無秩序で渾沌とした生々流転の現実世界がうごめきだし、物事が予期せぬ方向に動きだそうとする。

しかし、もしこのとき理性をはたらかせて、もともともっていたおのれの意志や意図といったものを優先させてしまえば、この胎動しはじめた事態の芽を封印してしまうことになるだろう。のちに妻となる女との交際がはじまった後、私が「結婚とはこういう女とするものなのかもしれないなぁ」という事態的実感を切りすて、結婚したら家庭が足枷となり探検・冒険に出にくくなるからやめたほうがいい、という冒険家的な意味での合理的選択を無理矢理優先させていれば、私は結婚という事態にはのみこまれなかったかもしれない。そして独身をつらぬき、家庭という足枷もなく好き勝手に海外を放浪するという、冒険家という言葉から世間一般がイメージする生き方、そして私自身がそれまで思いえがいていた生き方を首尾よく歩むことになっていたかもしれない。

しかし現実はそうならなかった。私はのちに妻となる女との関わりのはざまから生じた事態にのみこまれ、結婚し、娘が生まれて家を買ったのである。この現実は、理性によって選択しようとしていた生き方、すなわち独身をつらぬき海外をヨットで放浪するような生き方とは大きくズレている。しかし事前にイメージしていたこのヨットでの放浪的な生き方こそ、じつは冒険家という生き方にたいする世間的な固定観念の産物にすぎず、理性という常識的判断によりとらえられた非固有的で予定調和的な生き方なのだ、ということもいえるのである。その予定調和的生き方からのズレをもたらした結婚という事態こそ、私の生の履歴の過程で生じた、私だけに固有の歴史なのである。

結婚という多くの人がとりうる、その意味では普通な選択をしたことをもって、それを非固有的だととらえては、ここでいう固有という言葉の意味を見誤ることになる。本質的なのは、私の結婚が、理性的な意志とはことなる、無秩序な、そのとき、その場だけに起こりうる偶然がきっかけとなっているということである。結婚自体がたとえどれほど多くの人が経験する没個性的なものであろうと、のちに妻となる女との関係から生起する制御不能な事態にのみこまれ、そこから新しい未来が開闢したという意味において、その結婚は、そのときの私にしか起こりえなかった事態なのであり、私の人生の固有度を高めているのだ。その固有度は、北極で長期犬橇漂泊旅行をするという、その意味では非常にわかりやすい独自色のつよい現状と、じつはまったくひとしい価値をもつ固有度なのである。

事態にのみこまれることで、理性により事前にイメージしていた生き方と現実の人生はズレをきたしていく。そのズレこそが、その人生にのみ生じるズレであり、年々、ズレが累積していくことでそれぞれの人生は特有の方向性をしめし、結果、固有的なものとなっていく。事態を直視し、思いつきに忠実に生きることで、人生はその人だけのものになる。

そして四十三歳をすぎる頃、人は、嗚呼なんか最近、自由だなぁと感じるようになる。

人生の固有度が高まると自由になる。それは自分自身の固有的歴史、そしてそれにより今の自分があるということ、すなわち独自の経験に濃密な手応えを感じるようになるからであり、そしてその経験をもとに言葉をつむぐことができるようになるからだろう。

自分の言葉で思考し、物事を語れるようになること。世界観が深まり、言葉を獲得すること。それが四十三歳をすぎてえられる自由の正体だ。

人生の固有度が増すことで、人は誰でも、世間に流布するほかの誰かの言葉ではなく、おのれのなかにつちかわれた内在的論理で、独自のモラルで、行動し、世の中を見ることができるようになってゆく。それはすなわち思考や行為、もっといえば生そのものが自律的にうごいてゆく、ということである。だから人生の固有度が高まるとほかの人の意見や言葉が気にならなくなるし、他人が自分のことをどう見ているのかもさほど重要なことではなくなる。一人の人間として価値や是非を判断し、物事に対処することができ、成熟した人間として画然としてゆく。だから、これは自由なのである。もしかしたら、このような状態を〈不惑〉というのかもしれない。不惑とは自由の代名詞なのかもしれない。

最近、私がつくづく感じるのは、自分がようやく自分自身になってきた、ということである。ほかの誰でもない、ほかに類例のない角幡唯介という人間になっているという感覚。それはまぎれもなく自分の過去の結果として、立ちあがった事態にのみこまれつづけてきたことにより生じる感覚だ。今の自分の思考、行動、価値基準、それらは自分の過去の足跡の結果によりもたらされたものである。

今思うと、三十代までの私は、まだ角幡唯介度がじつに低かった。自分になるということがどういうことなのか考えたことさえなかった。十年前の、いや五年前の私は、まだ誰かの言葉を借りて世の中を見ていたということなのだろう。

もし合理的判断にもとづき、意志や意図により人生をコントロールしようとしたら、それは時代や世間の価値観にあわせた借り物の人生になってしまうだろう。事態にのみこまれ、思いつきを肯定してそれぞれの過去を引きうけることによってのみ、人はその人自身になることができるのである。

あとがき——全部結婚のおかげ

本書は『中央公論』誌の「冒険の断章」という連載をまとめたもので、もともと書籍化が前提ではじまった企画であった。

しかし、執筆をはじめる段階では、このような内容になるとは、私自身まったく想定していなかった。

断章という言葉がしめすように、企画段階での私のイメージとしては、冒険をすることで浮かぶ思索をテーマごとにわけて、断片的に書き記してゆこう、というもので、統一的な内容をもった本にするつもりではなかった。ちょっと小難しいことを論じつつも、でも肩の力のぬけた思索エッセイにする予定だったわけである。

では、なぜ本書が、関与と事態という斬新な概念を駆使しつつ、人が冒険に飛びださざるをえないその実存的動態にせまる、かような一大傑作論考として結実したのかといえば、それは結婚が全部悪いのである。

ことの顚末は次のような次第であった。

まずは大雑把な企画案が通り、じゃあ冒頭の一話を何にしようか、何のテーマで最初の一歩を記そうか、と考える段になる。で、本でも連載でも同じだと思うが、冒頭のつかみは読者の興味を惹きつけるために非常に重要なパートだ。書店で本を選ぶとき、多くの人はまずパラパラと冒頭をめくり、そこでぐいっと引きこまれた本をレジまではこぶものだと思う。タイトル、テーマ、装丁、価格、あとは冒頭の数ページ。売れる本に必要なのはこの五つ、極論すれば内容の良し悪しは二の次とすらいえるわけで、それぐらい冒頭の引きこみ力は重要である。

連載の企画は、冒険をきっかけに私が思考したテーマにそって気儘に書くというものだ。だが、いきなり抽象的なことから入っても読者が食いついてくるとは思えず、むしろ置き去りにする結果となるかもしれない。う〜ん、じゃあ何を書こうかな、と半日ほど悩んだすえに、そうだ、と思いいたったのが結婚の話だった。というのも当時はやたらと「何で結婚したんですか」と質問されることが多く、何故《なにゆえ》この輩《やから》はそんな下らないことを訊くんだろう、結婚に理由なんかあるとでも思っているのだろうか、阿呆じゃないか、とかなり苛立ちをおぼえていたからである。

結婚自体は私の冒険活動とは関係がなく、その意味では連載の趣旨から外れる。でもこれは引きこみ重視の冒頭の文章であるわけだし、結婚はあらゆる人にとって関心のある普遍的なテーマでもあるから、まあいいや、本も少しは売れるかもしれん、と安易な気持ちでまずはさらさらと書きはじめた。

ところがこれがきっかけとなり、この書き物は、分裂・増殖をくりかえす原始的生命体のように、私の予期しない方向に自己展開をはじめたのである。

書きはじめたとき私は、結婚に理由などない、理由を問うのは愚劣である、との初期認識状態のみで突入した。しかし書きはじめると、その書くという行為が思考を深めるエクリチュール的な生成作用を発揮し、そう言われてみると自分はなぜ結婚などしたのだろうか、と私はあらためて自己を見つめることとなった。

思い起こせば私は結婚したが、今の妻と交際をはじめたときは結婚など関心の埒外であった。だのに何故結婚したのか？

かつて旧知の編集者から「角幡君、結婚と家の購入は勢いがないとできないよ」と言われたことがあったが、あらためてその言葉をかみくだくと、たしかに結婚を決めたとき、その結婚には、私自身の内側だけからでは生まれない妙な加速度というか、背中を押す暴風、みたいな有無を言わさぬ力がはたらいたように思う。その力に、勢いに、自分は巻きこまれたのだ、などと考えていくうちに、私は〈事態〉という言葉でそれを原稿に表現していたのだった。

本書の鍵概念でもある事態という言葉が閃いたのは、このときがはじめてだった。関与の概念については、そのだいぶ以前からグリーンランド北部に何度もかようううちに非常に強く意識するようになっていたのだが、事態なる言葉はその瞬間までまったく脳裏に浮かびあがっていなかったのである。それが結婚についての文章を書くうちに言葉となって頭のなかで形象化され、これこそ人が結婚をする真の動因なのだと実感された。

ひとたび事態という言葉が閃くと、今度はこれについてまた考えるようになった。ちょうどハイデガーの一連の著作にはまっていた時期でもあり、そこからも大きな影響をうけた。事態を作り出す力は、自分以外の他者と関わることである。他者という制御不能な存在とのはざまに放りこまれるからこそ、そこから出来する事態も自分には制御できない力になる。だから事態の前には関わることがまずあり、両者は連結している。

先述したように、関わることは北極で長期旅行をするようになってから、ずっと私の冒険活動の裏の主題であったので、そもそも「冒険の断章」の企画段階から書くべきテーマのひとつとしてピックアップしていた。その大きなテーマが、新しい事態という概念と結びついた。ここにいたり、「冒険の断章」の構想は事前の心づもりからおおきく変状することとなった。まずは関わることについて論じたうえで、そこから事態の構造について分析し、最後に私にとっては最大の実存上の謎ともいえる問題の解明にむかって収斂するような本にしよう、つまり断片的な章でぶつぎりになった短編集みたいな本ではなく、統一的なテーマでまとまった一連なりの大きな長編思索エッセイとしてまとめよう、と考えるようになったのである。

もちろん、この自分自身の最大の実存上の謎というのは、人はなぜ冒険するのか、山に登るのかという問題である。この謎については長年、時間があまって暇なときに、あるいは昼飯を食いに行く路上で、はたまたランニングの途中で、などと陰に陽に考えをめぐらせてきたわけだが、自分で納得のいく明確な答えをあたえることはできていなかった。永久にわからないだろう、わかるはずがない、わかってたまるかこの野郎、とさえ思ってきた。それなのに事態という言葉が閃いた途端、もしかしたら冒険も結婚と同じなのではないか、と気づき、あれよあれよと解きほぐされてしまったのである。

未知の領域にむかって人が一歩踏みだすときの実存的動態としての〈事態〉、そしてその具体的なあらわれとしての〈思いつき〉、これが人を行動へと押し出す力となることに、私は、個人的には圧倒的につよい説得力をおぼえる。死ぬかもしれん、と思いつつも人が山に登るのは、その山に登ることを思いついてしまうからだ。私が今も北極に足をはこぶのも、狩猟漂泊という思いつきを抱いてしまったからである。行動に踏み切る自分自身の心境と、この考察はほとんどぴったりと嚙み合っており、両者の間にはほとんど完全なまでに齟齬がない。説得力を感じるとはそういう意味だ。そして〈思いつき〉を作り出す歴史性のなかに、その人の固有の実存的な実体があるのではないか、という発見にも同じような気持ちをいだく。思いつく存在としての自分。これを発見したとき、私は透明だった自分というコップに濃厚な内容物を充塡できた気持ちになれたのだった。

たったひとつの言葉が積年の謎に解答をあたえる。ふりかえると、こんなことがあるのかとあらためて驚愕の念を禁じえない。冒険について思索してきても全然わからなかった謎が、一見まったく関係のなさそうな結婚について考えるうちに、解決の糸口が見つかってしまった。あのとき気まぐれに、そうだ、結婚について書こう、などと思わなければ、本書は予定通り体系的な記述を欠いた断片的な思索エッセイの本で終わっていたはずで、冒険の謎の解明につながることもなかった。そう考えると、本書そのものがまぎれもなく事態の産物だったといえる。

この本には探検家という肩書で活動してきた私の思考の遍歴の、二〇一一年頃から二〇一九年頃までの部分が、ほぼくまなく網羅されている。だから、世間の評価はさておき、私個人の感想としては、自分の著述活動のひとつの道標となる記念碑的な作品だ、との強い思いがある。

このような画期となる作品を書く場をあたえてくれた『中央公論』編集部の工藤尚彦氏と、単行本としてまとめてくれた中央公論新社文芸編集部の藤吉亮平氏にはふかく感謝の意を表したい。じつは工藤氏こそ、連載の打ち合わせかなにかのときに「どうして結婚したんですか」との例の愚問を発した張本人であり、彼のこのデリカシーの欠けた無配慮こそ、本書をかような類例なき思索の書に昇華させた原動力となったのである。どうもありがとう。

さらにここでは名をあげることはできないが、私に結婚の理由を問うた友人、知人、編集者、テレビマン等々、つまり工藤氏以外の多くの方々にも謝意を表したい。合理主義的思想にそまりきったあなたたちの人生設計優先の平板な思考回路が、私を苛立たせ、目を見開かせ、結果、人はなぜ冒険をするのかという偉大な洞察にみちびいてくれました。どうもありがとう。

あと最後になるが、もう一人。〈のちに妻となる女〉として登場した妻の里子にも感謝したい。私は、「あとがき」や献辞のなかで、妻や家族に感謝の言葉をしるす書き手の心理に大きな疑問をかんじる者の一人である。家族への感謝など家のなかで個別にやるもので、それを人前にさらしてどうしようというのか、やめてほしい、と常々思ってきた。家族への感謝を公に記すことほどかっこ悪いふるまいはこの世に存在しない、これは自分の美学に反することなので絶対にやらないと肝に銘じ、これまで本を書いてきた。

しかしこと本書にかぎっては、妻にひと言そえるのも悪くはないのでは、という気がしている。何といっても本書は結婚の産物である。妻の存在があり、その関係性のなかに自身が組みこまれるとの経験があったからこそ、この本は生みだされた。平素、迷惑をかけているからとか、そういう二次的な理由ではなく、存在物としてこの本は妻の存在がなければ成立しなかった。だからひと言そえなければ本として締まりがなくなると感じるのだ。
というわけで、読者には最後に妻にひと言述べるのをゆるしてほしいと思う。
いつもどうもありがとう。

初出「中央公論」二〇一八年九月号～二〇一九年四月号／
二〇一九年九月号～二〇二〇年八月号
単行本化にあたり、加筆・修正をおこないました

角幡唯介

1976年北海道生まれ。作家、探検家、極地旅行家。早稲田大学政治経済学部卒業。大学在学中は探検部に所属。2010年に上梓した『空白の五マイル』（集英社）で開高健ノンフィクション賞、大宅壮一ノンフィクション賞、梅棹忠夫・山と探検文学賞を受賞。12年『雪男は向こうからやって来た』（集英社）で新田次郎文学賞、13年『アグルーカの行方』（集英社）で講談社ノンフィクション賞、15年『探検家の日々本本』（幻冬舎）で毎日出版文化賞書評賞、18年には『極夜行』（文藝春秋）で本屋大賞2018年ノンフィクション本大賞、大佛次郎賞を受賞。著書はほかに『漂流』（新潮社）、『極夜行前』（文藝春秋）、『探検家とペネロペちゃん』（幻冬舎）など多数。

JASRAC 出 2008072-001

そこにある山《やま》

——結婚《けっこん》と冒険《ぼうけん》について

2020年10月25日　初版発行

著　者　角《かく》幡《はた》唯《ゆう》介《すけ》
発行者　松田陽三
発行所　中央公論新社
〒100-8152　東京都千代田区大手町1-7-1
電話　販売 03-5299-1730　編集 03-5299-1740
URL http://www.chuko.co.jp/

DTP　ハンズ・ミケ
印　刷　大日本印刷
製　本　小泉製本

Published by CHUOKORON-SHINSHA, INC.
Printed in Japan　ISBN978-4-12-005349-8 C0095

好評既刊

サバイバル家族

服部文祥

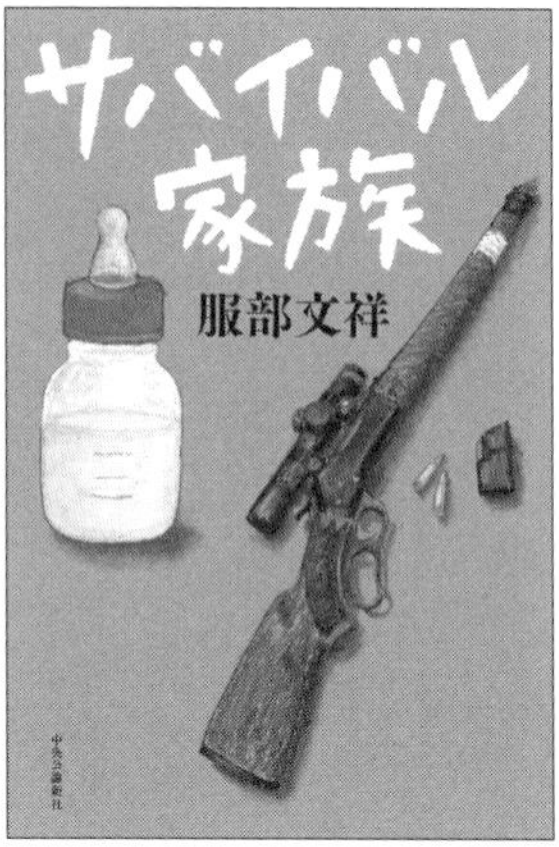

「俺は今後できるだけ庭でウンコする」サバイバル登山家の一家5人が、都会で原始生活⁉　ニート息子も女子高生も、狩る・飼う・捌《さば》く。小さな悩みも吹き飛ぶ愉快な日常エッセイ

単行本